매 핑

꽝 스킬【지도화】를 손에 넣은 소년은 최강 파티와 함께 던전에 도전한다

8

카모노 우동 지음

시즈키 히토미 일러스트

이경인 옮김

L NOVEL

꽝 스킬
매핑
〔지도화〕를
손에 넣은 소년은
최강 파티와 함께
던전에 도전한다
8
일러스트 시즈키 히토미
Hitomi Shizuki
카모노 우동
Udon Kamono

23계층 공략전

꽝 스킬 〔지도화(매핑)〕를 손에 넣은 소년은 최강 파티와 함께 던전에 도전한다

8

카모노 우동 지음
시즈키 히토미 일러스트
이경인 옮김

최악의 조합

금은, 마도구, 지혜. 지상에서는 손에 넣을 수 없는 수많은 보물을 감추고 있는 폐쇄 공간. 던전.

최심부까지 도달한 사람이 아무도 없는 그 미개척지는, 사람들을 흥미라는 보이지 않는 힘으로 끌어당긴다.

꿈이나 희망, 또는 욕망이나 타산 등등. 모험가들은 대소(大小), 공사(公私)를 불문한 다양한 이유로 던전에 도전한다.

그런 던전 공략을 꿈꾸는 무수한 모험가들 가운데서, 내가 소속된 『어라이버즈(도달하는 자)』는 멤버 진을 잃고 한때는 붕괴해 버렸다.

그 후, 뿔뿔이 흩어져 있던 멤버를 집결시키고, 소피라는 새로운 동료도 들어와서 다시 던전 공략에 도전하게 되었다.

동료를 빼앗은 악연의 21계층을 돌파하고, 마침내 던전 공략을 진행할 수 있게 되었다—고 말하지 못하는 일이 매번 발생했었

지만…….

"좋아. 얼마 안 남았어!"

뜻밖에도 『어라이버즈』는 순조롭게 던전 공략을 진행하고 있었다.

현재 우리가 있는 곳은 22계층이다.

21계층의 보스는 신관이나 성기사의 신성술을 봉인하는 마검을 든 악마였지만, 22계층 보스는 마창을 다루는 유령이었다.

기본 상태는 이쪽의 물리적인 공격을 받지 않는 영체이고, 마창의 공격을 펼칠 때만 실체화하는 히트 앤 어웨이를 구사하는 성가신 전투 스타일.

게다가 마창의 능력은 머리 위에 무수한 창을 떨구거나 지면에서 창이 솟아나는 범위 공격이다.

이 계층에서는 신성술을 쓸 수 있었지만, 신관이나 마도사 같은 후위직에게는 천적이라 부를 수 있는 계층이었다.

그런 역풍 속에서, 이 전투에서 가장 활약한 것은 마도사 에린이었다.

마창의 범위 공격을 범위 방어 마법으로 받아내고, 영체화한 대상에게는 영체에게 유효한 공격 마법으로 대미지를 계속 가했다. 그야말로 공수의 핵심이라 말할 수 있는 존재다.

이번 던전 탐색에서는 사전에 다른 22계층 공략 파티에게 기믹을 들었다는 배경도 있었지만, 그래도 스킬 덕분에 어떤 마법이든 단기간에 익힐 수 있고 대처법을 준비할 수 있다는 장점을 지닌 그녀는 던전 공략의 이상형이라고도 할 수 있는 마도사다.

그런 그녀의 강점을 가장 잘 끌어내는 존재는 『어라이버즈』에 새로 가입한 소피겠지.

"에린! 마창의 비가 와!"

"알았어!"

에린이 상공에 마법진을 전개해서 장벽을 쳤다.

청백색 불꽃을 두른 무수한 창이 상공에서 떨어졌지만, 장벽에 막혀서 여기까지 닿지 않는다.

소피에게는【고위 감정】이라는 스킬이 있다.

눈으로 본 것이나 몬스터의 성질을 이해할 수 있는 그 스킬을 사용하면 적의 능력이나 공격 수단 등을 알 수 있다.

신성술 저해의 마검이나 초광범위 마창 공격 등등, 심층에는 첫 공략자를 저격하는 기믹이 많은 던전 공략에서는 상당히 유용한 스킬이다.

이번 던전 공략에서는 사전 정보가 있었다지만, 결코 만전이라고는 단언할 수 없었다.

그런 와중, 적이 펼치는 공격을 분석하거나 유효한 스펠을 제시해 주는 존재는 믿음직했다.

던전 공략이 진전되어서 다른 곳에서 정보를 입수하지 못하게 된 이후부터는 그녀의 존재가 더더욱 중요해질 터이다.

레이파의 곁에서 소피를 빼 오게 된 것은 상당한 행운이었을지도 모른다.

프로텍트
"《성벽(聖壁)》."

"그런 공격이 맞겠냐고."

성기사 로즈리아가 방어 스펠을 전개해서 자신을 지켰다.

그와 동시에 검사 포스가 자신의 스킬 【심안】을 사용해서 쏟아지는 창을 재주 좋게 피했다.

이번 보스전에서는 포스는 물론이거니와 로즈리아도 어태커로 전투에 참가하고 있다.

이유는 그녀가 다루는 성검 플룩투스가 영체 상태인 적에게도 통한다는 점 때문인데, 그것도 소피의 스킬로 판명된 사실이었다.

소피는 정말로 대단하다…….

창의 비를 버텨낸 동시에, 두 사람이 검격을 퍼부었다.

보스가 빈사 상태인 건 눈에 띄게 알 수 있었다.

거기에 에린의 마법이 작탄. 신관 네메의 버프 스펠이 걸려있기도 해서, 그 위력은 마무리를 짓기에 충분하고도 남았다.

올려다볼 정도로 커다란 유령이 아련한 빛을 발하며 사라졌다.

유효타를 가할 수 있는 것도 아니고, 범위 공격을 펼치는 상대에게는 미끼도 필요 없었기 때문에 이 전투에서 나는 딱히 할 일이 없었다.

적어도 마지막 정도는 《색적》으로 기척 탐지라도 써서 적의 기척이 완전히 사라졌다는 걸 알려주기 위해 입을 열었지만—.

"보스의 소멸을 확인. 이제 힘을 빼도 괜찮아."

그 역할마저도 소피에게 빼앗기고 말았다.

나, 이 파티에 정말로 필요한 걸까…….

*

22계층을 공략하고 파티 하우스로 돌아온 우리 여섯 명은 샤워나 갈아입기를 마치고 자연스레 거실에 집합했다.

이번 보스전은 딱히 문제없이 순조롭게 돌파했기에, 명목만 반성회일 뿐 잡담 타임이었다.

"뭐, 이번에는 어떻게든 됐네."

그렇게 입을 연 건 에린이었다.

계층 보스에 가장 많은 대미지를 가한 것은 그녀 자신이지만, 그런 자각은 별로 없어 보인다. 태연한 표정이었다.

"역시 소피의 스킬은 편리하네. 적에 대한 걸 뭐든 알아낼 수 있으니까."

"그래?"

에린이 나와 같은 감상을 남기자 소피가 고개를 갸웃했다.

"에린 쪽이 굉장한 것 같은데. 어떤 마법도 날릴 수 있고, 마력 고갈도 일어나지 않고."

"그건 그렇지만, 사람이 칭찬한 거니까 순순히 받아들여."

"나도 그런 화려한 공격 스킬을 갖고 싶었어……."

역시 이 두 사람은 미묘하게 대화가 맞물리지 않는다.

소피는 과하게 마이너스 사고고, 에린은 조금 더 겸허라는 말을 알아두는 게 좋아 보인다.

"자, 다음은 23계층인 거예요!"

다음 계층에 의욕을 보이는 건 네메였다.

앳되어 보이는 드워프 소녀. 그 정체는 나보다도 연상인 누나지만, 언동이나 성격이 그걸 따라가지 못하고 있기에 아무래도 외모 그대로의 연령처럼 보인다.

"그럼 정보 수집을 해봐야겠지."

파티의 리더인 포스가 팔짱을 끼며 말했다.

한때는 어느 파티 크래셔에게 현혹당해서 파티를 탈퇴하려던 사건도 있었지만, 지금은 완전히 『어라이버즈』의 리더다운 모습을 보여주고 있다.

어느 파티 크래셔가 입을 열었다.

"22계층의 정보를 줬던 『미궁기사단』은 23계층 공략 중이죠?"

"그래. 그럴 거야."

"그러면 보스의 정보는 얻지 못하겠네요?"

"그렇겠지. 애초에 23계층을 공략한 파티도 『리벨레이션』뿐이니까."

현재 퓰리프 던전 공략의 최선단을 달리는 파티는 네 개.

다른 나라에 있는 던전에도 들어간 적이 있다는, 던전 공략의 이해도와 경험치가 가장 높은 『리벨레이션(천칭과 자물쇠)』.

퓰리프 마을 최대 규모의 인원과 세력을 보유하고 있고, 현재 【지도화(매핑)】 스킬 보유자인 내가 2군 파티 공략을 진행해주는 대가로 정보 공유를 받는 협력 관계에 있는 『미궁기사단』.

소피가 충성을 맹세했던 주인, 포학 왕녀 레이파 서던도르가 이끄는 『프린세스 나이츠(왕녀의 군대)』.

그리고 우리 파티 『어라이버즈』다.

"그렇지만 『리벨레이션』하고는 커넥션이 없단 말이지. 어쩔까."

"일단 도중 정보는 『미궁기사단』에게서 얻는다고 해도, 보스 정보는 필요하네요……."

"그래도 『리벨레이션』는 잘 모르겠단 말이지. 이 마을에 오랜 시간 있었지만, 얼굴을 마주친 적도 없고. 진하고는 아는 사이였던 모양이지만."

"그 파티, 파티 하우스에 있는 일이 적으니까요. 항상 던전 공략에 나가 있다는 이미지가 있어요."

"그럼 『리벨레이션』의 정보는 기대하지 말고, 『미궁기사단』의 정보만 받고 도전할까. 아무튼 이대로 던전 공략을 진행하다 보면 언젠가는 추월해서 처음 보는 적과 싸워야만 할 테니까."

"그러면 되지 않을까요?"

『리벨레이션』이 순순히 정보 공유를 해준다는 보장도 없고, 예전과는 달리 지금은 【고위 감정】을 가진 소피의 존재가 있다.

21계층처럼 첫 공략을 저격한 기믹에 당할 위험성도 적고, 지금부터라도 미지의 적과 싸우는 경험을 쌓아두는 게 좋을지도 모른다.

"『미궁기사단』의 정보는 부탁한다, 노트."

"알겠습니다."

"그럼 나는 레이파 전하께 22계층의 정보를 제공하고 올게."

"확실히 그것도 있었지."

현재 『어라이버즈』는 『프린세스 나이츠』와도 협력 관계다.

예전에 두 파티는 서로 파티 멤버를 유괴한다든가 킬러를 보내는 등 무척이나 사이가 안 좋았지만, 21계층에서 함께 싸우고 나서는 양호한 관계로 머무를 수 있게 되었다.

이것도 모두 소피가 예전에 레이파 밑에 있었던 것, 그리고 포학 왕녀라 불리는 레이파 자신이 둥글어진 것이 원인이겠지.

"그렇게 해주면 고맙겠어."

앞으로도 레이파와는 양호한 관계를 구축하는 게 좋다. 그 왕녀를 적으로 돌리는 건 위험하니까.

"소피. 그 왕녀님한테 가려고?"

그렇게 생각하고 있는데, 에린이 입을 열었다.

"응. 그럴 생각인데."

"그럼 덤으로 나도 같이 갈래."

"어째서야!"

저도 모르게 태클을 걸었다.

모처럼 양호한 관계를 구축해 나가고 있는데, 언제 폭발할지 알 수 없는 폭탄 같은 사람이 그리로 가지 말았으면 좋겠다.

무슨 생각인지는 모르겠지만, 진짜로 그만둬 주시겠습니까…….

"아니, 잠시 이야기를 나누고 싶어서."

"그런 묻지마 살인마 같은 범행은 그만둬 줄래?"

"묻지마 살인마라니 뭔데! 내가 이야기를 나누는 게 무슨 잘못인데?!"

"아니, 여러모로……."

지금까지의 행동거지에 자각을 가지고 말해줬으면 좋겠다.

정말로 에린은 누구든 상관없이 시비를 거니까…….

"애초에 레이파 님하고 무슨 이야기를 하려는 건데?"

"레이파? 그런 여자와의 이야기는 흥미 없어."

"그럼 왜 가려고 하는 건데?!"

"그게 아니라, 내가 용건이 있는 건 네 소꿉친구 쪽이야."

"어……?"

"노트의 첫사랑이 어떤 사람인지도 알고 싶고, 노트를 심하게 상처 입힌 것도 한마디 해줘야 할 것 같으니까."

"……."

나는 말문을 잃었다.

에린과 미야는 절대로 얽혀서는 안 될 사람들이라고 생각해서 최대한 얼굴을 마주하지 않게 조심하고 있었는데, 그걸 직접 부수려 할 줄이야.

사람의 상상을 몇 배나 능가하는 폭거. 이럴 바에는 차라리 레이파에게 용건이 있는 게 나았다.

"괜찮아! 노트 대신 마음껏 갚아줄 테니까."

"전혀 괜찮지 않거든?! 오히려 나를 위한다면 아무것도 하지 말아 줄래?!"

"알고 있어. 원망하는 상대라고는 해도 옛날에 좋아했던 사람이니까 자기 손으로 앙갚음하는 건 죄책감이 생기겠지. 그쪽은 걱정할 것 없어. 이건 내가 독단으로 하는 일이니까."

"부탁이니까 사람 말 좀 제대로 들어주지 않을래?"

머리를 감싸 쥐고 싶은 기분이었다. 누가 이 폭주 마도사를 좀 막아줘.

"자, 소피도 뭐라 말 좀 해줘. 이런 위험한 녀석을 데려가는 건 싫잖아?"

"나도 미야 라인은 싫어하니까, 에린에게 협력하겠어."

"그쪽이었나……."

소피는 미야에게 흠씬 두들겨 맞고 레이파의 밑에서 쫓겨났다는 과거가 있다.

그렇다고 해서 이럴 때 호흡을 맞추지는 않아도 되잖아.

지금부터 일어날 비극을 느낀 나는 어깨를 떨굴 뿐이었다.

*

미야 라인을 만나러 가겠다고 노트에게 보고한 다음 날.

나, 에린 포트로드는 이른 아침부터 소피를 이끌고 레이파가 숙박하는 호텔로 향했다.

건물로 들어가서 소피의 이름을 대자 바로 로비에 들어가게 되었다.

그대로 『프린세스 나이츠』가 대절한 플로어로 가자, 소피가 근처에 있던 문 앞에 서서 노크했다.

아무래도 이 방에 왕녀님이 묵고 있는 모양이다.

문에서 나타난 건 단정한 얼굴을 한 하프 엘프 소녀였다.

"어라? 소피뿐이야? 그리고—."

반짝이는 금발. 투명한 눈동자와 빨려들 것만 같은 매끈한 피부. 쭉 뻗은 체형이고 스타일도 좋다.

이게 노트의 소꿉친구. 그리고 첫사랑 여자.

뭐랄까, 예쁘다. 나보다 훨씬. 이건 노트가 좋아하게 되는 것도 이해가 갈지도 모른다.

아니, 안 돼 안 돼. 약해지면 안 돼.

이 녀석은 옛날에 노트를 상처 입힌 극악무도한 소꿉친구. 다정해서 앙갚음하려고 하지 않는 노트를 대신해서 내가 혼내줘야지!

"나는 『어라이버즈』의 마도사, 에리—."

"에리나였던가?"

"아니야!"

바로 기세가 꺾여서 엎어질 뻔했다.

"에린이야 에린! 에린 포트로드!"

"아, 그랬지. 실수했네. 아하하."

"으~!"

분노에 떨며 주먹을 움켜쥐었다. 뭐야? 나는 안중에도 없다는 거야?

딱히 초대면도 아니잖아! 21계층에서 구출했으니까!

직접 이야기를 나눈 건 아니지만, 이름 정도는 기억하라고! 이쪽은 똑바로 기억하고 있으니까!

"그러는 당신은 미리나였던가?"

"에린, 이름을 틀렸어. 이 사람은 미야. 아까까지는 잘 기억하고 있었는데 왜 갑자기 까먹었어?"

"일부러야, 일부러! 왜 기억하고 있던 걸 말하는 거야!"

심술을 부려서 잘못 말했는데, 소피가 전부 까발리고 말았다.

어째서 이 아이하고는 미묘하게 대화의 파장이 안 맞는 걸까. 나는 친하게 지내고 싶은데…….

"에린의 농담, 재미있네."

미야는 뭔가 웃고 있고. 딱히 농담을 하려던 건 아닌데…….

“잘 부탁해, 에린.”

그렇게 말한 미야가 갑자기 다가와 내 손을 잡았다.

맞닿은 체온과 이쪽을 똑바로 바라보는 눈동자 때문에 저도 모르게 움츠러들고 말았다.

“응……. 뭐, 잘 부탁해…….”

잘 부탁한다고 하면 안 되잖아, 나! 악연 많은 적을 상대로 왜 악수나 하고 있는 거야!

이렇게 느닷없이 거리를 좁히거나, 보디 터치를 하면서 노트를 함락시킨 거구나. 어쩜 이리도 비겁한 여자일까.

일단 적개심을 보여주기 위해 손을 강하게 쥐었다.

어라? 전혀 움켜쥐지 못하고 있는데!

내 악력이 없는 건 그렇다고 치더라도, 미야의 손은 바위처럼 단단했다.

오히려 붕붕 손을 흔들고 있어서 내가 더 아프다. 이제 그만해! 어깨 빠지겠어!

어떻게든 미야의 팔을 뿌리치고 어깨를 주무르면서 말했다.

“그게 아니라, 나는 당신에게 하고 싶은 말이 있었어!”

“그랬어? 실은 나도 에린에게 묻고 싶은 게 있었어.”

“거짓말하지 마! 아까까지 내 이름 까먹고 있었잖아!”

“에린, 태클도 재미있네.”

딱히 웃기는 걸 노리고 태클을 건 게 아닌데, 미야는 웃고 있었다.

애는 대체 뭐지? 너무 마이페이스라서 전혀 상대가 되고 있지 않은 것 같은데.

"당신도 미야가 열 받는 거잖아? 뭔가 말해줘."

옆에 있던 소피가 귓속말했지만, 그때 방 안쪽에서 목소리가 날아왔다.

"소피, 거기 있지? 빨리 이리로 와."

"네. 지금 가겠습니다! 레이파 전하."

"어? 미야는? 나를 도와주는 거 아니었어?"

"아무래도 좋아. 레이파 전하 쪽이 중요해."

"버리지 마~."

소피는 나를 두고 레이파에게 가버렸다.

이 자리에 미야와 단둘이 남아버렸다. 어쩌지? 돌아갈까?

아니, 이래서는 안 된다. 마음에서 져버리면 안 된다. 이럴 때는 허세라도 강한 모습을 보여줘야 한다.

"그래서, 나한테 묻고 싶은 게 뭔데?"

노트의 소꿉친구인지 첫사랑 여자인지는 모르겠지만, 이런 땅딸막한 하프 엘프에게 질 수는 없다.

흠씬 때려눕혀서, 두 번 다시 노트에게는 손대지 못하게 해야 한다.

로즈리아만으로도 간당간당한데, 이 이상 라이벌을 늘릴 수는 없었다.

"노트와 로즈리아는 실제로 사귀는 거야?"

"—뭐?"

뭐야 그게. 그 질문. 어째서 그런 걸 묻는 거야?

애초에 노트와 사귀고 있는 게 어째서 로즈리아인데.

그건 나 아니야? 아니, 나도 사귀는 건 아니지만.

"노트와 로즈리아, 왕도에서도 함께 있었고, 언제나 친해 보이잖아. 두 사람은 아니라고 말하지만, 사실은 어떤가 해서."

"그 두 사람은 사귀지 않아."

"그렇구나."

"그래서, 왜 그런 걸 묻는데?"

"아니, 소꿉친구로서 걱정되잖아. 딱히 노트가 신경 쓰이거나 그런 건 아니야. 미덥지도 않고, 멋있지도 않으니까. 전혀 연애 대상이 아니랄까. 뭐, 구하러 와준 건 조금 괜찮다고 생각했지만……. 아니, 이게 아니야! 그저 순수하게 지인으로서 흥미가 생겼을 뿐!"

"그렇구나."

그럼 안심이네. 미야가 노트를 좋아하면 어쩌나 걱정했지만, 그냥 지인으로서 신경 쓰고 있을 뿐이라면 문제없겠다.

연애 대상이 아니라고 당당히 선언했으니까. 이걸로 미야가 나의 라이벌이 될 일은 없어 보인다. 다행이다.

문득 여동생 마린이 「언니, 타인의 말을 곧이곧대로 받아들이는 건 그만두는 게 좋아」라고 자주 말했던 게 떠올랐지만, 이번에는 상관없겠지.

"그나저나, 당신은 노트와 로즈리아가 이어지는 건 반대인가 보네."

"내가 말하는 것도 좀 그렇지만, 로즈리아 성격 안 좋잖아. 나를 자주 놀리고. 그런데 내숭 떨면서 노트에게는 좋은 모습만 보이려고 하고."

"그렇다니까. 노트에게 보디 터치를 하는 것도 그만해 줬으면 좋겠어."

"알아주는 거야?!"

"뭐, 그 두 사람과는 오랜 사이니까."

"역시나! 고마워!"

왠지 흠씬 때려눕혀 주려고 했던 적에게 감사의 말을 듣고 말았다.

미야는 내 손을 잡고는 붕붕 흔들었다.

그러니까 그거 그만해! 굉장히 아프거든! 어깨 빠지겠어!

"그래도, 그런 못된 여자아이한테 넘어가는 노트도 노트야."

"응응."

"옛날부터 그랬다니까. 뭔가 쉽게 넘어가는 부분이 있달까? 여자아이한테 약하달까? 단순하단 말이지."

"그랬어?"

"그렇다니까. 우리, 어린 시절에는 같은 마을에 살았는데, 눈을 마주치기만 해도 두근두근하고, 손이 닿으려고 하기만 해도 얼굴을 새빨갛게 물들였었어.”

“…….”

“이상하지? 소꿉친구니까 그런 건 신경 쓰지 않아도 되는데. 서로의 집에서 자주 묵은 적도 있는데, 다른 이불에서 자려고 하고.”

“……뭐?”

이 미야라는 애, 아까부터 대체 뭐야?

노트를 옛날부터 알고 있었다는 어필. 엄청 하고 있는데.

나한테 시비 거는 거야? 이게 이른바 소꿉친구 갑질이라는 거? 소꿉갑질이야 소꿉갑질!

어차피 나는 옛날의 노트 같은 건 몰라! 그 대신, 지금의 노트와 만든 추억이라면 잔뜩 있으니까!

“나도 그거야! 노트하고는 20계층에서 두 달 정도 조난됐었으니까!”

“그건…… 큰일이었겠네…….”

어라? 뭔가 안쓰러운 시선을 보내고 있는데…….

그 단둘이 지내던 시간은 나에게는 좋은 추억이었으니까 분명 부러워할 줄 알았는데, 왠지 미야에게는 와닿지 않았던 모양이다.

“두 달이나 조난됐다니 힘들었지? 게다가 미덥지 못한 노트와 함께라니…….”

이건 언급할 에피소드를 실수했던 걸지도 모른다.

평범하게 들으면, 던전에서 조난되었다는 사건을 부럽게 여길 리가 없었다.

이럴 바에는 칠현 선발에서 공주님 안기를 하고 데리고 나왔다는 걸 말할 걸 그랬다. 일단 정정해 두기로 했다.

"노트도 꽤 믿음직해."

"그래?"

"응. 오히려 20계층에서 살아남았던 건 노트 덕분이랄까……. 나는 발목을 잡아끌 뿐이었으니까……."

"에린은 겸허하네. 호감 갈지도."

"어?"

나는 사실을 말했을 뿐이지만, 어째서인지 미야는 겸손한 말로 받아들인 모양이었다.

애초에 내가 겸허? 그런 건 태어나서 처음 들었는데…….

"나, 에린을 착각하고 있었을지도."

"착각?"

"응. 뭔가 칠현 선발에서 노트가 에린에게 사랑 고백 같은 걸 했다고 들어서, 에린도 로즈리아처럼 노트를 홀리는 못된 여자아이인 줄 알았는데, 전혀 다르네."

"……."

"겸허하고 성격도 좋고, 어른스럽고 이야기도 재미있어서 좋아하게 된 것 같아."

어? 무슨 일이 일어나는 거지?

뭐야 이거? 무섭잖아! 그 착각 대체 뭐야! 대체 얘는 누구와 이야기하고 있는 건데?!

"있잖아, 에린. 괜찮으면 친구가 되어줘."

"후엣?!"

얘는 바보야? 멍청이야? 어째서 나와 친구가 되려는 건데?

나는 그저 노트에게 접근하려는 못된 벌레를 떨쳐내고 싶을 뿐이었는데. 어째서 이런 일이 벌어지는 거지……?

"저기, 안 돼? 나, 이 마을에 온 지 얼마 안 돼서 친구가 전혀 없거든. 그러니까 에린과 친구가 되면 기쁠 것 같아서……."

"으윽……."

나도 친구는 적은 편— 아니, 전혀 없다.

그러니까 친구가 없는 쓸쓸함은 이해한다. 지인도 거의 없는 환경에서 혼자 살아가는 것이 얼마나 힘든지도 이해하고 있다.

친구를 원하는 건 나도 똑같지만, 뭔가 이건 아니다. 상상했던 것보다 몇 배는 기쁘지 않다.

자신을 속이면서까지 친구가 필요하지는 않고, 미야가 나에게 터무니없는 착각을 하고 있다는 걸 빨리 깨달아 줬으면 했다.

"부탁해! 나를 돕는다고 생각하고!"

투명한 눈동자로 쳐다보고 있다. 왜 그렇게 예쁜 시선을 보내고 있는데?

그런 시선으로 바라보면, 기대를 배신하는 말을 할 수가 없잖아!

이제 와서 시비를 걸면 내가 나쁜 사람이 되어버리잖아!

"응, 알았어……."

정신이 들자, 나는 수긍하고 있었다. 대체 뭘 하는 걸까…….

"고마워! 뭔가 말투가 어색한 건 신경 쓰이지만, 역시 에린은 다정하네~."

나는 손을 잡고 붕붕 휘두르며 기뻐하는 미야를 썩은 동태 같은 눈으로 바라볼 수밖에 없었다.

*

"어서 와. 그래서, 미야하고는 어땠어? 역시 변변찮은 일을—."

파티 하우스로 돌아가자, 노트가 조심조심 물었다.

그런 그에게, 나는 피곤한 표정으로 답했다.

"……친구가 됐어."

"어째서?!"

그런 건 내가 묻고 싶을 정도인데.

정말로 어쩌지? 누가 좀 도와주지 않을래?

마탄의 강습

22계층을 공략한 『어라이버즈』는 한농안 순비 기간을 눈 뒤에 다음 계층에 도전하게 되었다.

전이 결정으로 23층으론 날아가자, 그곳에서 기다리던 건 광대한 경치였다.

머리 위에는 붉은 피로 물든 듯한 하늘이 펼쳐져 있고, 지금 있는 곳이 표고가 높아서 그런지 황야처럼 되어있는 계층을 내다볼 수 있었다.

미로가 펼쳐진 아득한 저편에는 탑이 지어져 있었다. 거리가 꽤 멀어서 바늘처럼 얇게 보이지만, 이 위치에서도 보인다는 건 상당한 높이가 있을 게 분명했다.

사전에 『미궁기사단』에게서 계층 정보를 입수했기에 23층이 어떤 기믹인지는 파악하고 있었다.

이 계층의 특징을 한마디로 표현하면, 최초 공략자 저격이다.

"포스 씨."

"그래. 그럼 상의한 대로 내가 낌새를 보겠어."

그렇게 말한 포스가 전이 결정 주변의 안전 구역인 결계 안에서 발을 내디뎠다.

한 걸음, 두 걸음, 세 걸음. 한동안 걸었지만 아무런 이변

이 없다. 그렇게 생각한 순간의 일이었다.

—탑 끄트머리가 빛났다.

그 순간 포스는 도를 뽑았고, 순간적으로 대기에 충격이 퍼졌다.

"큭!"

칼끝에는 불똥이 튀었고, 도가 무언가를 받아냈다는 걸 알 수 있었다.

그대로 포스가 도를 휘두르자, 작은 덩어리가 떨어졌다.

"알고는 있었지만, 이걸 매번 막는 건 성가시겠어."

23계층의 기믹은 저격이다. 탑 끄트머리에 있는, 아마 보스라고 여겨지는 몬스터의 총격. 그게 계층을 탐색하는 사이 항상 덮쳐온다.

포스는 이번에 그걸 간단히 막을 수 있었지만, 이것도 적의 공격을 간파하는【심안】스킬이 있기 때문이다.

저격으로 날아오는 마탄은 초고속이며, 노 가드로 맞으면 일격에 치명상이 될 만한 위력이 있다.

그에 더해서 탐색 중에는 계층 안의 몬스터도 출현하기 때문에, 몬스터와 싸우면서 저격을 대비해야만 한다.

이 계층도 21계층이나 22계층과 마찬가지로 상당히 악질적인 구조였다.

"일방적으로 공격당하는 것도 열 받네. 이쪽의 공격은 안 닿는 거야?"

에린이 결계 안에서 마력을 정련하고는 그대로 결계에서 나와 스펠을 날렸다.

지팡이 끝에서 불새가 출현하여 호를 그리며 하늘을 날아갔지만, 답 직전에서 반투명한 장벽 같은 것에 막혀버렸다.

"거리만 봐서는 닿을 것 같지만, 안 되겠네. 저쪽의 공격밖에 닿지 않게 되어있는 것 같아."

"역시나."

이런 정보도 이미 『미궁기사단』에서 얻었지만, 한 번은 자기 손으로 시험하고 싶었던 거겠지.

스펠을 쏘아낸 에린은 그대로 결계 안의 안전권으로 돌아갔다.

한동안 시간이 흘렀다.

보스의 저격은 리로드 시간이 있다. 이것도 『미궁기사단』에게서 배운 정보 안에 들어있었다.

아무리 23계층이라 해도 매초마다 저격이 날아오는 불합리함은 가지고 있지 않은 모양이다.

리로드에 걸리는 시간은 대략 5분. 그 정보대로 두 번째 사격이 날아왔고, 그걸 포스가 튕겨냈다.

"어떤가요? 포스 씨."

"이런 거라면 막지 못할 건 없어 보이네. 이대로 눈이 익숙해지면 점점 편해질 거야."

"그거 다행이네요."

"한두 발 정도 더 격추하는 연습을 해도 될까?"

"전혀 상관없어요."

진이 목숨을 잃기도 했기에, 포스도 던전 탐색을 신중하게 진행하게 되었다. 이것도 좋은 변화 중 하나이리라.

보스의 저격을 기다리는 사이, 소피가 결계 안에서 고개를 내밀어서 포스가 격추한 탄환을 집어 들었다.

"왜 그래?"

"아니, 【고위 감정】을 해보려고 해서."

"뭔가 알아냈어?"

"응. 조금은. 이 탄환에도 저주가 걸려있어. 21계층의 적이 입히는 상처처럼 신성술로 치료하지 못하는 정도는 아니지만, 이 탄환이 입히는 상처는 회복하기 어려워지니까 주의해."

"그렇다면 또 네메는 나설 차례 없는 건가요?!"

"그렇게 될 거야."

"까~앙인 거예요……."

네메가 노골적으로 침울해졌다. 나도 얼마 전 22계층에서는 그다지 나설 차례가 없었기에, 낙담하는 마음은 뼈저리게 이해했다.

그보다 심층에 오고 나서는 그다지 네메가 나설 차례가 없다.

네메 자신이 문제라기보다는, 던전 자체가 신성술 회복에 대책을 세우고 있다고 하는 게 올바르겠지.

신성술 완전 무효화인 21계층. 초광범위 공격으로 후위직이 활약하기 어려운 22계층.

그리고 23계층의 저격도 방어 수단이 없는 후위를 노리는 경향이 있다고 한다.

대체 신관에 무슨 원한이라도 있는 걸까. 정말이지 던전을 만든 녀석도 음흉한 성격이다.

10분 정도 기다려서 합계 두 번의 저격을 격추한 포스가 결계 안으로 돌아왔다.

"나는 이제 됐어. 다음은 로즈리아야."

"그럼, 다녀오겠습니다."

포스를 대신에서 이번에는 로즈리아가 결계 밖으로 나갔다.

이번 23계층 공략에서 저격을 막는 역할은 메인이 포스, 서브가 로즈리아다.

포스에게는 공격을 읽는 스킬 【심안】이 있고, 로즈리아도 【성검의 인도자】로 검술의 최적해가 머릿속에 떠오르고, 성검 플룩투스로 마탄을 격추할 수 있다.

게다가 검으로 요격하는 게 늦더라도 《불락성벽》 등의 방어 스펠로 총탄을 막는 등의 대처도 가능하다.

『어라이버즈』의 탱커인 소피는 이번에 저격 대응 담당에서 제외되었다.

그녀의 내구력이라면 총탄을 받아낼 수는 있지만, 공격을 간파하는 스킬이 없기에 반응할 수가 없다.

그만큼 지상에 나오는 몬스터들의 주의를 혼자 끌어야 하기에 힘든 점은 늘어났지만.

"으~음. 저도 괜찮을 것 같아요."

포스에 이어서 세 발의 저격을 막아낸 로즈리아가 결계 안으로 돌아왔다.

포스와는 달리 성검 플룩투스가 간단히 마탄을 불태워 주기에, 대처 자체는 그리 어렵지 않았다.

"그럼 다음에는 그밖에 표적이 되는 사람이 있는 패턴으로 시험해 볼까요."

문제없었던 만큼, 예정대로 저격에 대한 대처 연습을 진행했다.

포스와 로즈리아가 자신에게 날아오는 탄환을 막더라도, 다른 멤버에게 날아오는 저격을 격추하지 못하면 의미가 없다.

최악의 경우라도 소피가 표적이라면 어떻게든 될지도 모르지만, 나와 에린, 네메를 노리면 한 방에 죽는 걸 면할 수 없다.

"일단 미끼 역할을 누군가 해주지 않을래요?"

로즈리아가 묻자, 나와 에린과 네메가 셋이 함께 눈을 마주했다.

다들 『어? 누가 가는데?』라는 표정이었다.

"그럼 에린 씨, 부탁드려요."

"어째서야!"

로즈리아가 지명하자, 에린이 목소리를 높였다.

“그게, 역시 여기서는 제일 친한 에린 씨라면 저에게 목숨을 맡길 수 있을 것 같아서…….”

“우리 그렇게 친했던가?! 오히려 사이 나빴잖아?! 무조건 제일 죽어도 되는 사람을 골랐을 뿐이지?!”

“저기요. 저희는 같은 파티 동료거든요? 죽어도 되는 사람이 있을 리가 없잖아요! 사과해 주세요!”

“어…… 아. 응. 미안.”

“그저 근처에 탄환이 왔을 때 제일 재미난 리액션을 보여 줄 것 같아서 골랐을 뿐이에요.”

“사과해서 손해 봤어!”

에린은 얼굴을 새빨갛게 물들이며 크게 외쳤다.

“그렇게 리액션이 좋으니까 로즈리아가 놀리는 것 아냐?”

나는 포스가 옆에서 그렇게 중얼거리는 것을 놓치지 않았다.

*

“에린, 엎드려!”

에린을 향해 날아온 저격을 포스가 막았다.

그런 와중에도 주변 몬스터는 이쪽을 공격하고자 총구를 겨눴다.

“《불락성벽》!”

로즈리아가 장벽을 친 동시에, 기계장치의 병사들이 일제 사격을 날렸다.

고막을 찢을 듯한 총격음이 사방에서 들렸지만, 로즈리아의 방어 스펠 덕분에 총탄은 여기까지 닿지 않았다.

"이 방어도 오래는 못 버텨요. 어쩔까요?"

23계층에 나오는 몬스터는 다른 계층과 비교하면 많이 다르다.

대부분 태엽이나 철판을 조합한 듯한 기계 병사인데, 그들은 계층주와 마찬가지로 총을 써서 공격한다.

중거리 전투에 특화된 어설트 라이플이나 샷건, 유적 그늘에 숨은 저격병, 기관총이나 대포를 사용하는 병사 등등.

공격 방법이 다양해서, 근거리전으로 끌고 들어가면 비교적 쓰러뜨리기 쉽지만, 병사들이 통솔이 잘 잡혀있기에 그 거리까지 접근할 수가 없다.

그렇다고 에린의 마법으로 쓰러뜨리려 하면 병사들은 탑 주변에 쳐져 있는 것과 똑같은 대마법 장벽을 전개하여 자기 부대를 지킨다.

계층의 경향으로 따지면 말 인간 집단이 나타나는 16계층과 제일 비슷할지도 모른다.

그러나 몬스터의 레벨이 높고, 통솔도 잡혀있기에 이 계층이 수십 배는 성가셨다.

"내가 공격에 나서는 게 좋을까?"

"아니, 포스는 다음 저격을 대비하는 게 좋아. 여기는 내가 앞으로 나갈게."

"소피, 혼자서 할 수 있겠어?"

"그건 무리. 로즈리아를 데려가도 돼?"

"저 말인가요? 이곳의 방어는요?"

"에린이 방어 마법을 치면 돼. 어차피 공격 마법은 막히니까."

"내가 쓸모없는 아이 같은 말투는 대체 뭐야! 저 녀석들이 마법 전문 방어를 하는 게 문제잖아!"

"그런 생각으로 말한 게 아니야. 대마법 장벽을 치고 있는 적을 우선해서 노릴 테니까, 그러면 공격도 부탁해."

"알았어."

"이제 《불락성벽》도 한계에요. 3, 2, 1로 갈게요."

로즈리아가 신호를 낸 동시에 빛의 장벽이 풀렸다.

그 순간, 소피는 흙 정령술로 지면을 융기시켜서 간이 벽을 만들었다.

흙벽은 총탄을 저해하는 동시에, 소피와 로즈리아가 도약할 발판도 된다.

두 사람이 뛰어올랐다. 그러는 사이, 에린은 방어 스펠을 전개해서 이쪽으로 날아오는 총탄의 비를 막았다.

"우측 심부, 좌측 심부에 있는 가늘고 긴 장치를 든 병사가 대마법 장벽을 전개하고 있어."

"그럼 제가 왼쪽을 해치울게요. 소피 씨는 오른쪽 녀석을 쓰러뜨려 주세요."

"알았어."

소피의 【고위 감정】으로 병사들의 역할은 다 알아냈다.

두 패로 갈라져서 소피는 흙벽을 만들며 적에게 다가갔고, 로즈리아는 《광돌전차(光突戰車)(라이트 채리엇)》라는 성기사 스펠을 쓰며 돌격했다.

"에린. 옆에서 적이 와. 그쪽도 지킬 수 있어?"

"아니, 무리! 마법을 두 개 동시에는 못 쓰고, 지금 치고 있는 장벽을 해제하면 우리는 완전히 벌집이야!"

"그럼 이번에야말로 내가 가겠어."

"포스 씨!"

"알고 있어. 다음 저격까지는 몇 분 남았지?"

"3분 20초인 거예요!"

"그럼, 여유를 두고 2분 안에 돌아올게."

지속적인 회복이나 버프 스펠을 사용하는 신관에게 시간 관리는 중요한 역할이다.

예전의 네메는 신관의 기본적인 기술을 익혔다고 말하기 힘들었지만, 『최강무적 파티즈』에서 던전 탐색 경험을 쌓은 그녀는 성장했다.

버프 스펠은 물론이거니와 이번에는 저격 시간 관리도 맡고 있다.

"간다!"

포스가 에린의 방어 스펠 틈새에서 뛰쳐나갔다.

【심안】 스킬 앞에서는 날아오는 총탄도 간파하는 게 어렵지는 않다.

인지(人智)를 초월한 검술로 모든 총탄을 튕겨내고 그늘에 있던 병사를 덮쳤다.

소피와 로즈리아가 내부로 파고들자, 전방 집단의 진형이 무너졌다.

이쪽으로 날아오는 총탄이 그치지는 않았지만, 두 사람에게서 도망치고자 집단이 좌측 심부로 들어갔다.

"이거라면 가능하겠어!"

총탄이 오는 방향에 맞춰서 에린이 방어 스펠의 방향을 바꾸며 말했다.

현재 우리는 보스가 있는 탑을 향해 우반신을 드러낸 상태다.

뭔가 불길한 예감이 머리를 스쳤다.

"포스 씨, 돌아와 주세요!"

"아직 1분도 안 지났잖냐!"

그가 그렇게 외친 것과, 보스의 날카로운 살기가 날아온 건 동시였다.

확실히 23계층의 저격수는 5분에 한 번 마탄을 날린다. 그 룰은 지금까지 맞았다.

그러나 저격수가 5분에 한 번밖에 총탄을 쏘지 못한다고 누가 정했는가?

포스도 그 고정관념의 실수를 깨달은 것이리라.

"《순인순보(瞬刃瞬步)》!"

일직선으로 달려왔지만, 적이 총탄을 쏘는 게 더 빨랐다.

5분에 한 번밖에 저격이 날아오지 않는다고 모험가들을 방심시키고, 기계 병사들과의 난전으로 생겨난 바늘구멍 같은 빈틈을 노려서 온존하고 있던 두 번째 저격을 날린다.

단순 저격만으로도 필살급이지만, 이 계층에 도전하는 자들이라면 그것조차 막는다고 내다보고 함정을 깔아둔 것이다.

총탄은 에린에게 똑바로 날아왔다. 그녀가 그걸 깨달은 기색은 없다.

"닿아라!"

포스가 소리에 가까운 속도로 검을 뻗었다. 에린 바로 앞에서 새된 소리가 터졌다.

"뭐야?!"

에린이 몸을 틀었다. 그 옆을 총탄이 통과했다.

아무래도 포스가 가까스로 저격을 막아낸 모양이었다. 그 대신 다른 충격이 덮쳐왔다.

"포스 씨!"

"우왓, 진짜냐."

놀랍게도 포스의 한쪽 칼, 황박이 깨져버렸다.

에린에게 닿지 못하도록 억지로 검을 사선상에 끼워 넣은 탓에 칼배에 맞아버린 것이리라.

어쩔 수 없는 해프닝이랄까, 오히려 이 거리에서 날아온 저격을 막아낸 포스를 칭찬해야 한다. 에린의 목숨이 붙어 있는 것만으로도 행운이었다.

포스는 도약한 기세를 죽이지 못하고 지면을 굴렀다.

그 사이에서 탑 위의 저격수는 살기를 그치지 않았다.

"거짓말이지, 이봐……."

두 번째가 있었으니, 세 번째가 없다는 보장도 없다.

그리고 파티의 진형이 완전히 무너진 지금이야말로 『어라이버즈』를 처치할 최대의 기회다.

"《살기》!"

탑 너머를 향해 최대한의 적의를 날렸다.

왔다! 아득한 저편에 있는 저격수가 이쪽을 향해 미소를 지었다.

그 광경을 머릿속에서 이미지할 수 있었다.

"《절영》!"

내가 그림자를 두른 것과 총탄이 발사된 건 같은 타이밍이었다.

몇 콤마 전까지 머리가 있던 곳을 총탄이 통과했다. 아주 조금이라도 늦었다면 나는 총에 맞아 죽었을 거다.

그렇게 안심할 수 있을 만큼 지금의 상황은 느긋하지 않다.

—부탁이니 세 발로 끝나달라고.

그 소원은 탑 위에서 날아오는 농후한 적의로 깨져버렸다.

노린 건 《절영》으로 고속 기동 후 착지한 순간이었다.

"네 발째!"

지금부터 도약하는 건 무리다. 땅에 발을 댄 순간 맞는다.

그렇다면 공중에서 궤도를 바꿀까? 그쪽이 더 무리다. 나는 인간이다. 물리 법칙을 무시할 수 없다.

그럼 어쩌지? 이대로 죽나?

그럴 리가 있겠어? 아직 던전 제패 도중이다. 이런 곳에서 죽을 수는 없다.

생각해. 살아남기 위한 방책을.

지면에 도달하기까지의 한순간. 도출해 내고, 그걸 실행해.

생각하기보다 먼저, 몸이 멋대로 대거를 뽑았다.

나, 이래도 되는 걸까? 정말로 할 수 있을까? 잘못된 일이 아닐까?

망설이기에는 시간이 너무 부족했다. 자신의 선택이 실패하더라도, 지금은 그저 그걸 수행할 뿐이다.

—간파해라. 찰나의 순간을.

날아오는 마탄. 눈을 깜빡이는 것도 잊고, 그저 그 앞길을 응시했다.

우선 손을 미끄러뜨린다. 그리고 칼날을 총탄에 대고, 미끄러뜨리면서 튕겨낸다.

몸은 자연스레 움직인다. 그러니 나는 착탄 순간만 간파하면 된다.

"이렇게!"

정신이 들자, 나의 오른팔은 총탄을 튕겨내고 있었다.

저릿한 충격으로 감각은 없었지만, 날아가지는 않았다. 다른 사지도 무사하다.

기적이다. 가까스로 도적 아츠 《튕겨내기》로 흘려버릴 수 있었다.

하지만 다음은 무리. 다섯 발째가 오면 확실하게 죽는다.

나의 소원이 통했는지, 탑 위의 습격자는 살기를 거뒀다. 적도 조금 전 한 발이 비장의 흉탄이었던 모양이다.

"노트, 괜찮냐!"

포스가 다른 요소, 연옥을 뽑았다.

그리고 저격수와 내 사이로 몸을 미끄러뜨렸다.

"뭐, 어찌어찌……."

어떻게든 태세를 다잡았다. 설령 다섯 발째가 오더라도 포스가 막아낼 수 있다.

"뭐야?! 대체 무슨 일이 일어난 건데?! 탕, 하고 눈앞에서 파열하더니 노트가 날아가고!"

역시 에린은 눈이 따라가지 못했던 모양이다.

뭐, 어느 정도 무리했달까, 상당히 무모한 시도였지만 내가 저격을 받아낸 게 정답이었다.

그대로 에린이 타깃으로 유지되었다면 총탄에 반응할 새

도 없이 맞았을 거다.

"안심하는 건 아직 이른 것 같아. 노트."

"그런 모양이네요."

역시 이 계층은 교활하다. 이 타이밍에 다음 수를 던지다니.

울려 퍼지는 땅울림. 멀리서 갈라지는 지면과 함께 거대한 전함이 하늘로 떠올랐다.

"중간 보스가 나온 거예요!"

네메가 외친 대로, 새로 나타난 것은 23계층 중간 보스로 보이는 반응.

전함은 내부에 격납된 기계 병사를 강하시키면서 진로를 이리로 잡았다.

"이 타이밍은 빡센데……."

현재『어라이버즈』의 진형은 정돈되어 있다고 말하기 힘든 상황이다.

나와 포스와 에린과 네메는 뭉쳐있지만, 소피와 로즈리아는 병사를 쓰러뜨리기 위해 적 진형으로 들어갔다.

두 사람을 불러들이고 싶지만, 돌아오면 돌아오는 대로 이번에는 근처 병사들의 총격을 얻어맞기만 할 뿐이다.

"여기는 나한테 맡겨!"

그렇게 말한 에린이 지팡이 끝에서 마법을 날렸다.

그러나 불덩이는 전함 앞에 전개된 대마법 장벽에 막혀 사라지고 말았다.

"저 녀석까지!"

에린은 분한 듯 입술을 깨물었다.

그런 와중에도 전방 전방에 설치된 기관총이 그녀를 겨눴다.

"에린!"

"알고 있어!"

에린이 즉시 방어 스펠을 전개했다.

기관총 연사는 막을 수 있었지만, 다음에 둘 한 수가 없다. 이대로 버티기만 해봐야 점점 밀리게 되는 상황이다.

"최초의 저격으로부터 4분 반 남았어요!"

그래. 여기서 저격까지 있는 건가.

네 발 연속으로 쐈으니 초탄에서 5분 후에 저격할 상황이 되는지는 알 수 없지만, 탑 위에 있는 저격수에 대한 대비도 잊어서는 안 된다.

전함의 소사와 에린의 방어 스펠이 비등비등한 상황. 여기서 관통력 높은 마탄이 날아오면 방어 스펠이 부서지고 만다.

그러면 우리는 기관총에 맞아 벌집이 된다.

어라? 혹시, 우리 외통수인가?

어쩌지? 어떻게 하지?

마법이 통하지 않는 중간 보스. 중거리에서는 병사들의 총격. 아득한 저편에서 날아오는 계층 보스의 저격.

그것들이 겹치면서 확실하게 『어라이버즈』를 몰아세우고

있었다.

"—앗!"

보라색 섬광이 하늘을 내달렸다. 그것은 이 계층에 와서 몇 번이고 목격한 마탄의 궤적.

5분도 기다리지 않고 발사된 초원거리 사격은 나의 머리 위를 지나서—.

하늘을 나는 기계장치의 전함을 꿰뚫었다.

"어?!"

저격이 날아온 방향은 탑이 아니다. 우리의 뒤쪽— 즉, 23계층 입구 방향이다.

정반대 장소에서 나타난 제2의 마탄에 『어라이버즈』의 멤버들도 당황했다.

하늘에서 떨어지는 전함을 바라보는 나도 그 기척을 알아챈 동시에 더한 의구심이 들어 머리가 혼란스러웠다.

성총(聖銃)을 거둔 자

중간 보스였던 거대 전함이 격추된 지 한 시간 뒤.

우리는 드디어 23계층의 스타트 지점에서 나타난 기척의 주인과 마주할 수 있었다.

"으~음, 댁들이 『어라이버즈』?"

그렇게 말한 건 6인조 남녀 집단 중 가장 앞에 서 있던 남자다.

키가 크고, 매끈한 체형, 마구 헤진 셔츠를 걸치고 있다.

나이는 30대 후반 정도일까.

피곤한 건지, 아니면 원래 얼굴이 이런지 패기가 없는 표정을 짓고 있지만, 등에 메고 있는 건 보라색의 흉흉한 빛을 발하는 장총.

아마 그가 제2의 마탄을 쏜 사수이리라. 남자는 이어서 말했다.

"그렇게 경계하지 않아도 돼. 딱히 잡아먹으려는 건 아니니까. 던전 공략이라는 같은 목적을 가진 동지. 여기서는 친하게 지내자고."

"너희는―."

포스가 입을 열자, 남나는 머리를 긁적였다.

"그러고 보니 자기소개가 아직이었나. 미안 미안. 내 이름은 디에고 바라몬도스. 『리벨레이션』의 어태커를 맡은 사람이야. 으~음. 취미는 던전 탐색인가? 그것 말고는 딱히 하는 일이 없으니 말이지. 뭐, 그러니 잘 부탁해."

남자가 손을 내밀자, 포스는 당혹스러워하면서도 악수에 응했다.

"내 이름은 포스. 일단 『어라이버즈』의 리더를 맡고 있다. 이쪽이야말로 잘 부탁해. 그런데 당신이 이 파티의 리더인가?"

"아니, 그건 아니야. 우리 파티의 리더는 저 녀석이지."

그렇게 말한 디에고가 뒤에 선 작은 체구의 남자에게 어깨동무를 했다.

작은 체구의 남자는 어깨를 움찔 떨면서 말했다.

"저, 저 말인가요?"

"그렇잖아? 이 파티를 세우자고 한 사람은 너니까."

"저는 그저 던전의 수수께끼를 해명하고 싶다고 말했을 뿐이거든요! 거기서 던전 공략을 하자고 말했던 것도, 모두를 모든 것도 디에고 씨잖아요!"

"하지만 댁이 없었다면 나는 던전 공략 같은 걸 하려고 생각하지 않았어. 그러니 파티의 리더를 자칭하더라도 전혀 이상하지 않다고."

"그런 중임, 싫거든요."

작은 체구의 남자는 헛기침하면서 안경을 스윽 들었다.

"그러고 보니 자기소개가 아직이었네요. 제 이름은 루우

포스티. 이 파티에서는 문장술사를 맡고 있습니다."

"문장술사?"

루우의 발언에 고개를 갸웃한 건 에린이었다. 그는 손을 탁 두드리며 대답했다.

"이 나라에서 문장술사는 신기하겠네요. 완전히 잊고 있었어요. 뭐, 마도사에 가까운 배틀 스타일(전투직)이라고 생각해 주셔도 좋아요. 마력을 변환하여 스펠을 일으킨다는 점은 똑같으니까요."

"그래? 그럼 뭐가 다른데?"

"차이점이라면, 문장을 개입해서 스펠을 전개하는 부분일까요? 문장을 그려야만 하는 만큼 마도사보다 스펠을 발동하는 순서가 번잡하지만, 마도사보다 지속력 있는 스펠이 많은 게 이점이죠. 어태커보다는 버퍼에 어울리는 후위직이라고 할까요?"

"그렇구나. 어태커로는 마도사가 더 위인가 보네."

에린은 참 틈만 나면 우위에 서려고 하네.

자기소개 겸 나도 신경이 쓰인 점을 물어보기로 했다.

"안녕하세요. 저는 노트 애슬론이에요. 하나 여쭤봐도 될까요? 던전의 수수께끼를 해명한다니, 대체 어떤 수수께끼를 해명하려는 거죠?"

"그건 던전에 얽힌 수수께끼 전반이에요. 누가 만들었는가, 그리고 무엇을 위해 만들었는가 등등, 던전에는 많은 수수께끼가 담겨있으니까요."

"그러고 보니—."

최근에는 던전 탐색에 너무 익숙해져서 당연하게 생각하고 있었지만, 애초에 던전은 이 세상의 이치 밖에 있는 공간이다.

지상보다 훨씬 버거운 몬스터. 지상에서는 볼 수 없는 마도구나 재보. 침입자를 시험하는 듯한 함정이나 지형.

전부 뭔가 의미가 있어 보이고, 그러면서도 동시에 뒤죽박죽이라는 인상도 받는다.

그러나 던전 공략자라면 모두가 던전에 작위적인 무언가를 느끼고 있을 거다.

"이건 한 예시인데요, 세간에서는 던전을 누가 만들었다고 하죠?"

"신이에요!"

그렇게 대답한 건 네메였다. 이 나라에서 가장 신자가 많은 세시나교를 믿는 그녀는 그 일반론을 믿고 있는 모양이었다.

"그렇죠. 그럼 이 세계에서 또 하나, 신이 만들어냈다고 전해지는 게 있죠. 그건 뭘까요?"

"으~음……. 모르겠는 거예요……."

아무래도 신앙은 있어도, 지식은 별로 없는 모양이다.

그렇지만, 나도 바로 떠오르지는 않았다.

"대체 뭐죠?"

"신의 석판이에요."

아, 그게 있었지. 저도 모르게 수긍하고 말았다.

이 세계에서 절대적인 이치로 정해져 있는 것. 그게 스킬이다.

그리고 15세가 된 사람이 기도를 바치면 스킬을 받을 수 있는 곳이 바로 신의 석판이다.

신의 석판은 각지에 존재하고 있으며, 그 기원은 불명이다.

그저 초상적인 존재, 통설에 따르면 그 이름대로 신이 만든 성유물이며, 이 나라에서도 주로 세시나교 교회가 관리하고 있다.

"하지만 던전과 신의 석판이 동일한 신에 의해 만들어졌다면 한 가지 모순이 발생하게 돼요."

"모순?"

"맞아요. 그런데, 여기 나오는 몬스터나 마도구 말고도 던전에는 특징적인 게 있어요. 그게 뭐라고 생각하시나요? 거기 마도사 씨?"

"어? 나?!"

당황하는 에린을 본 루우는 머리를 긁적이며 말했다.

"느닷없이 이런 걸 물으면 곤란하시겠죠. 정답은 던전 문자에요. 던전을 공략하는 마도사 씨라면 익숙하지 않으신가요?"

던전 문자란 던전에 그려진 특유의 언어를 말한다.

지금 있는 계층의 정보나 공략 힌트, 또는 스펠이나 아츠의 정보를 기록한 것도 있다.

마법을 배우는 자에게는 교양 같은 셈이라, 당연히 에린도 해독할 수 있다고 한다.

"그게 어쨌다는 거야?"

"이상하다고 생각하지 않으신가요? 같은 신이 만들었다고 하는 던전과 신의 석판. 그 언어가 통일되어 있지 않잖아요?"

"……앗."

그러고 보니 그렇다. 신의 석판에는 스킬의 세부 사항이 우리에게 익숙한 언어로 기록된다. 던전 문자와는 다른 언어로.

만약 동일 존재가 양자를 만들었다면 이상한 이야기다.

신의 석판은 세상 사람들이 알기 쉽도록 일반 언어로 적혀있을 가능성도 버릴 수는 없지만, 신이 지상의 인간과 같은 언어를 쓴다면 일반인이 해독할 수 없는 던전 특유의 언어 같은 걸 쓸 필요는 없다.

"던전과 신의 석판은 별도의 누군가가 만들었다는 건가요?"

"과연 어떨까요? 지금 얻을 수 있는 정보로는 아무것도 단언할 수 없어요. 다른 신이 만들었을 가능성도 있고, 양쪽 모두 신이 아닌 누군가가 만들었을 가능성도 있죠. 아무튼 던전 최심부까지 도달하지 못한다면 진실에 도달할 수 없을 거예요."

신의 석판을 만든 자의 정체. 솔직히 던전을 만든 자의 정체보다도 신경 쓰인다.

이 세계에서 스킬은 절대적인 것이다. 신이 정한 인간의 성능이다.

좋은 스킬을 입수하면 하루아침에 성공하기도 하고, 반대로 나쁜 스킬을 입수하면 꿈을 포기하는 걸 강요받기도 한다.

이러는 나도 스킬 때문에 인생이 돌변해 버린 사람 중 하나다.

스킬 때문에 한때는 일류 모험가가 되겠다는 꿈을 포기하고 미야와 갈라서고 말았다.

그리고 스킬 덕분에 『어라이버즈』에 들어오게 되기도 했다.

그러니 지금은 원망하지 않지만, 나에게 【지도화】 스킬을 부여한 녀석의 얼굴 정도는 보고 싶었다.

"어이어이, 수다는 그쯤 해두는 게 좋지 않을까? 슬슬 5분이잖아? 온다고, 녀석의 저격이."

디에고의 양손이 빛나자 루우가 말했다.

"그렇게 말씀하셔도, 디에고 씨가 요격하실 거잖아요?"

"그렇더라도 긴장을 풀면 안 되지. 댁은 던전의 수수께끼가 어쩌니 하는 부류의 이야기가 나오면 주변이 안 보이게 되니까 말이야."

그리고 디에고의 손에 나타난 것은 두 자루의 총이었다. 극광의 마력을 두른 핸드건. 그것이 어느새 그의 손에 쥐어져 있었다.

그와 동시에 탑 위의 보스가 마탄 사격을 날렸다.

다가오는 총격. 포스와 로즈리아가 검을 뽑았지만, 그보다도 빠르게 디에고가 트리거를 당겼다.

공중에서 무언가가 튕겨났다. 보스가 쏜 마탄과 디에고의 총탄이 부딪치는 소리다.

"뭐, 이 정도의 저격이라면 격추하지 못할 걱정은 필요 없긴 하지만 말이지."

그렇게 말한 디에고가 총구에서 솟구치는 연기에 숨을 불었다.

그런 그를 본 소피가 살짝 중얼거렸다.

"【성총을 거둔 자】……."

"오, 아가씨는 알고 있었나. 추측한 대로, 나의 스킬은【성총을 거둔 자】. 세상에 여섯 개 있다는 성구(聖具) 시리즈 중 하나지. 레어도 EX이면서 전투계 스킬 중에는 최상위로 꼽는 스킬. 이 전설급 스킬 덕분에 던전 탐색을 할 수 있는 거지."

"성구 시리즈라는 게 있었나요……."

"뭐, 레어도 EX 스킬은 동시에 두 명 이상 발현되는 일이 없는 건 물론이고 소유자가 수십 년은 나타나지 않는 일도 있을 만큼 희귀하니까. 모르는 것도 당연하지."

내 중얼거림에 디에고가 반응하면서 말을 이었다.

"지금 확인된 거라면, 이 나라의 성장(聖杖) 정도인가? 나머지는 서쪽에 있는 어느 나라에 성검이 나타난 왕녀가 있다는 소문도 들었는데— 아니, 잠깐만. 그거 성검인가?"

디에고가 눈을 크게 뜨면서 로즈리아의 손에 있는 검을 바라봤다.

"……앗!"

로즈리아는 곤란한 걸 들킨 것처럼 성검을 허공에 지우고는 고개를 돌리면서 억지웃음을 지었다.

"무슨 소리신가요?"

"무슨 소리고 자시고, 그렇게 무기를 자유자재로 꺼내거나 지우거나 할 수 있는 시점에서 성구 시리즈라는 건 확정인데……."

"혹시 무덤을 파버린 건가요?!"

"무덤이고 뭐고 한눈에 보면 알 수 있다고. 혹시 그 왕녀 본인인가?"

"아니거든요. 제가 들은 바로는 왕녀는 바로 죽었다고 해요. 그러니까 완전히 타인이에요."

"오, 그런가……."

수수께끼의 압력을 느낀 디에고는 입을 다물었다.

뭐, 우리도 로즈리아와는 오랜 사이다. 과거에 왕녀였다는 이야기는 한 번도 들은 적이 없으니, 그녀의 말대로 완전히 타인이겠지.

애초에 저 로즈리아가 왕녀라니 말이 안 되잖아.

확실히 무언가 오라는 있을지도 모르지만, 그런 고귀한 인물이 우리 파티 같은 곳에 들어올 리가 없다.

비유하자면 레이파 서던도르가 『어라이버즈』에 들어오는 셈이다. 그런 사태, 천지가 뒤집혀도 일어날 리가 없다.

"그나저나 『어라이버즈』도 성구 시리즈를 보유하고 있을 줄이야. 그래서 23계층까지 올 수 있었군. 성검의 힘만 있다면 던전 심층에 도달하는 것도 쉬운 것까지는 아니더라도 꽤 간단하니까 말이야."

"잠깐만요. 【성검의 인도자】가 그렇게 굉장한 스킬인가요?"

그렇게 질문한 건 로즈리아 자신이었다.

"확실히 어떻게 검을 움직여야 할지 알 수 있는 부분이나, 절삭력이 좋은 검을 꺼낼 수 있는 건 편리하지만, 그 정도 아닌가요? 솔직히 검사로는 【검술·극】 스킬을 가진 포스가 더 위라고 생각하고요……."

"……진짜냐."

로즈리아의 말을 들은 디에고는 어안이 벙벙해진 모양이었다.

"혹시 아가씨, 【성검의 인도자】를 제대로 쓰지 못하는 건가?"

"제대로 쓰고 뭐고, 절삭력 좋은 검을 꺼내는 것 말고 굉장한 부분이 있나요?"

"무지란 무섭군……. 뭐, 제대로 쓰지 못하더라도 23계층까지 올 수 있던 게 굉장하다고 해야 하나……."

디에고가 이마에 손을 대며 말했다.

그러자 뒤에 서 있던 소피가 입을 열었다.

"나도 그건 생각하고 있었어. 처음에 봤을 때는 어째서 이런 스킬을 가진 사람이 『어라이버즈』에 있는 건지 놀랐지만, 솔직히 말해서 스킬 정도의 실력은 없어 보여서……."

"그렇게 생각하고 있었나요?! 어쩐지 던전 탐색 때 태도가 까칠하다 싶었어요!"

확실히 소피가 들어온 지 얼마 안 되어 던전 안에서 전투할 때 로즈리아에게 한층 엄격했던 부분이 있었는데, 그런 배경이 있었던 건가.

그녀도 나름대로 이것저것 고민한 태도였다는 걸 알게 되자 납득하게 되었다.

"애초에 제대로 쓰고 자시고, 사용법 같은 건 아무도 가르쳐 주지 않았거든요! 알 수 있을 리가 없잖아요! 그걸 트집 잡다니 너무해요!"

"흥. 꼴좋네……."

"에린은 악역 같은 대사는 하지 말자."

옆에서 비웃는 에린에게 태클을 걸면서 울컥울컥 화내는 로즈리아에게 시선을 돌렸다.

뭐, 스킬 사용법 같은 건 배우지 않았다며 불평하고 싶은 마음은 뼈저리게 이해한다.

이러는 나도 진에게 배울 때까지는 【지도화】가 던전 탐색에서 쓸 수 있다는 걸 몰랐으니까.

『어라이버즈』에서 발견하지 않았다면, 나는 평생 밑바닥 모험가로 썩어갔을 가능성도 있었다.

"미안하네. 아가씨를 책망할 생각은 아니었어. 사과의 뜻이라기는 좀 그렇지만, 성구 시리즈의 스킬에 관해 알고 있는 건 가르쳐 주지."

"정말이지. 좀 더 죄책감을 가지고 저에게 전수해 주세요."

"그렇게 기고만장하면 가르칠 마음이 사라지는데……."

디에고는 머리를 긁적거리면서 말을 이었다.

"뭐, 됐어. 성구 시리즈의 스트롱 포인트는 세 개라고 생각하면 돼."

"세 개인가요?"

"그래. 우선 첫 번째는 아가씨도 자연스레 쓰고 있지. 그 무기의 최적의 사용법을 알 수 있게 돼. 성검이라면 검술, 성총이라면 사격이라는 느낌인가. 참고로 이건 성검이나 성총만이 아니라 같은 계통의 다른 무기에도 적용돼."

그렇게 말한 그는 짊어지고 있던 흑자색 장총을 들고 하늘에 겨눴다.

"예를 들어 이 총은 23계층 보스가 쓰는 것과 똑같은 거야. 이른바 던전 드롭품인 마도구지. 23계층을 처음으로 공략하면 손에 들어오는지, 이건 수십 년 전에 처음으로 23계층을 공략한 파티가 팔려고 내놓은 물건을 돌고 돌아서 내가 입수한 거야."

그리고 디에고는 마총의 스코프에 살짝 눈을 대고는 트리거를 당겼다.

멀리 있던 유적 천장의 딱 중앙부가 퍽 터졌다.

"뭐, 이런 느낌인가. 총은 전문 무술 스킬이 없고, 멀쩡한 보정이 들어가는 스킬이 【성총을 거둔 자】나 【포술사】나 【마도구사】 정도밖에 없는 만큼 이 능력이 고맙기는 하지만, 검이라면 검술 스킬 같은 게 있으니까. 솔직히 이것만으로는 전설급 스킬이라고는 하기 힘들지."

이번에는 성총을 소환하더니 그 빛나는 마력을 마총에 담았다.

"그리고 이게 두 번째 스트롱 포인트. 성구를 소환할 때 마력의 흐름이 치솟아 오르잖아? 이건 소유자의 마력에 유래된 게 아니야. 성구가 본래 가지고 있는 마력이지. 그 농밀한 마력을 스펠이나 마도구에 사용할 수 있다면—."

그리고 디에고는 똑같은 표적을 향해 다시 트리거를 당겼다.

폭렬음이 들렸다. 이번에는 건물 자체가 마탄에 의해 산산이 파괴되었다.

아마 23계층 중간 보스를 처리한 것도 이 총탄의 위력이리라.

"이렇게 한층 더 힘을 끌어낼 수 있는 거지."

"이건 굉장하네요……. 만약 플룩투스의 마력을 스펠에 얹을 수가 있다면—."

로즈리아도 자신의 스킬이 가진 가능성을 알아챈 모양이다. 눈에 불이 켜진 것을 옆에서도 알아볼 수 있었다.

"그럼 세 번째 스트롱 포인트는 뭔가요?"

"글쎄?"

"……네?"

"그건 몰라."

"그게 뭔가요?! 실컷 뜸 들여놓고 그건 아니잖아요?!"

"그게 아니라, 아가씨가 가진 성검의 강점을 모른다는 거야. 성구는 소유자마다 형상이나 능력이 달라. 예를 들어 나의 성총 스타시어는 쌍권총인데, 과거 성총의 소유자는 회전식 권총이거나, 산탄총이었다고 하더군. 능력도 마찬가지야. 스타시어의 능력은 속사에 특화되어 있지만, 다른 성총은 완전히 다른 것이었다더군."

"그럼, 제 플룩투스에게도 모종의 능력이?"

"그래, 그런 뜻이야. 아무런 능력도 보이지 않는 건 아직 제대로 다루지 못하고 있다는 증거겠지. 성검을 제대로 쓸 수 있게 된다면 점차 능력도 개방되어 나갈 거야."

"저는 그렇게나 자신의 스킬을 제대로 쓰지 못하고 있었나 보네요……. 분하기는 하지만, 가능성이 아직 있다는 걸 알았으니 넘어가기로 하죠!"

로즈리아는 조금 낙담하는 모습을 보였지만, 본래 가진 플러스 사고로 투지를 불태웠다.

성검의 인도자와 성녀 권능

"으~음. 어렵네요……."

23계층에서 디에고나 루우와 만나고 며칠 후.

오늘의 나는 로즈리아와 함께 던전에 와 있었다.

그날, 23계층을 탐색하던 『리벨레이션』와는 마주친 뒤에도 던전 공략을 함께했다.

그들은 이미 공략한 계층이기도 해서, 『리벨레이션』의 23계층 공략 수단은 눈이 휘둥그레질 정도였다.

루우의 문장술사나 회복 담당인 기도사 같은 신기한 배틀 스타일이 싸우는 모습도 그렇지만, 역시 디에고의 【성총을 거둔 자】가 가진 파격적인 성능이 인상적이었다.

저격을 격추하고, 총구를 겨누는 기계 병사의 몸을 고속으로 뚫어버리는 일기당천의 활약.

그 덕분에 『어라이버즈』는 『리벨레이션』과 합류하기 전의 고생이 거짓말이었던 것처럼 보스 방 앞까지 도착하고 말았다.

포스의 황박이 부러져서 만전이라고 할 수 없는 상태였지만, 디에고의 말로는 23계층의 난점은 도중의 과정이며, 저격이 특기인 보스를 쓰러뜨리는 것 자체는 그리 어렵지 않다고 하기에 그대로 보스에 도전하게 되었다.

그 결과 『어라이버즈』는 23계층을 돌파하는 데 성공하고 무사히 퓰리프 마을에 돌아올 수 있었다.

그리고 지금은 디에고가 지적했던 로즈리아의 스킬 【성검의 인도자】의 진가를 끌어내기 위한 특훈을 위해 왔다.

로즈리아가 가진 성검의 능력이 어떤 것인지 모르는 이상, 가볍게 거리에서 특훈할 수는 없다.

어떤 대규모 능력이 발동해도 괜찮도록 인적이 없는 얕은 계층을 골랐는데, 지금으로서는 성검에 변화가 보이지는 않았다.

특훈에 어울려 주고자 동행한 소피가 입을 열었다.

"로즈리아, 진지하게 해."

"하고 있어요! 그보다 소피 씨야말로 제대로 좀 해주세요! 『나에게는 【고위 감정】이 있으니까 도움이 될 거야.』라고 말했으면서 아까부터 아무런 어드바이스도 없잖아요! 대체 제 성검의 능력은 뭔가요?"

"몰라. 그보다 안 보여. 아직 정해지지 않은 걸지도."

"그게 뭔가요?"

"그걸 나한테 물어도 곤란해. 아무튼 지금은 성검의 마력을 사용한다는 당초 목적에 집중해야 해. 그러면 자연스레 성검의 능력도 발현할지도."

"알고 있어요! 단지 잘 안되니까 투덜댔을 뿐이에요~."

로즈리아는 그렇게 말하며 마을 시장에서 팔던 싸구려 검에 성검의 마력을 주입했다.

그러자 검은 눈부신 빛을 발하며 단번에 금이 가버렸다.

"봐요, 역시 잘 안되잖아요! 이 마력, 농도와 흐름이 너무 강해서 전혀 컨트롤할 수가 없어요!"

"입을 움직이지 말고 손을 움직여."

"소피 씨는 너무 엄격하네요. 애초에 이런 싸구려 검이라서 플룩투스의 마력을 견디지 못하는 거예요. 좀 더 비싼 마도구를—."

"비싼 마도구가 펑펑 부서지면 『어라이버즈』의 재정이 버티지 못해. 그 책임을 진다고 한다면 상관없지만."

"앗, 역시 됐어요. 이 세일로 파는 검으로 할게요."

로즈리아는 새로운 검을 꺼내서 다시 마력을 담았다.

그러나 그리 간단히 성검의 마력을 쓸 수 있을 리 없어서 수십 개의 잔해가 생겨났다.

"만약 마도구에 마력을 주입하는 게 잘 안될 것 같다면, 스펠에 써보는 게 어때?"

"잊으셨나요? 최초의 폭발 사고를?"

"확실히…… 아직은 하지말까……."

그건 던전에 들어가서 특훈을 시작한 직후의 일이었다.

로즈리아가 성검의 마력을 쓰려고 《불락성벽》 스펠을 전개했더니, 흘러넘치는 마력을 제어하지 못해서 대폭발을 일으켰다.

폭발에 말려든 나와 로즈리아는 하마터면 죽을 뻔했다.

【철벽】 스킬을 가진 소피만이 혼자 어리둥절하던 게 기억에 생생하다.

"일단 마도구로 연습해 보고 잘 된다면 스펠에도 응용해 보는 느낌으로 갈까?"

"그렇게 해요. 사인이 자폭이라니 장난이 아니니까요."

"뭐, 지금은 포스의 도를 찾아야 하니까 당장은 던전 공략을 재개할 수 없고, 지금은 딱히 목숨을 걸 상황이 아니니까……."

23계층의 저격으로 인해 지금 포스가 사용하는 도는 연옥 한 자루만 남았다.

연옥은 벤 대상을 흑염으로 불태울 수 있는 요도지만, 그 파격적인 성능 때문에 사용자에게 가하는 반동도 크다.

『어라이버즈』가 해산했던 시기에 수행한 포스는 연옥의 반동을 극복했지만, 그래도 던전 안에서 전투할 때 계속 사용하는 건 부담이 있다.

특히 던전은 몇 시간에 걸친 지속 전투력을 요구하기도 하기 때문에, 반동 없이 장시간 쓸 수 있는 무기도 필요했다.

"그나저나 【성검의 인도자】라는 건 잘 알 수 없는 스킬이네요."

새로 꺼낸 마도구 검에 성검의 마력을 주입했지만, 검은 로즈리아의 손에서 부서졌다. 그 모습을 지켜보던 그녀가 입을 열었다.

"파격적인 스킬이라고 하면서도, 사용법은 알기 어렵고……. 이럴 바에는【검술·극】같은 스킬 같은 게 더 나은 것 같아요."

"뭐, 그렇게 말하지 마. 모처럼 받은 레어도 EX 스킬이니까."

"앗, 그러고 보니 네메 씨도 레어도 EX 스킬을 가지고 있지 않았었나요?"

"듣고 보니……."

로즈리아의 말대로다. 우리 신관도【성녀 권능】이라는 수수께끼의 스킬을 보유하고 있었다.

디에고의 말에 따르면【성검의 인도자】를 필두로 하는 성구 시리즈라 불리는 스킬은 무기 종류의 이름을 따온 것으로 한정되어 있어서,【성녀 권능】은 다른 종류라고 한다.

"어쩌면【성녀 권능】도【성검의 인도자】와 마찬가지로 본래의 힘을 끌어내지 못하고 있는 걸까?"

"【고위 감정】이 있는 소피 씨라면 알 수 있지 않을까요?"

"나?"

소피가 허를 찔린 듯 고개를 갸웃했다.

"모르지는 않지만……."

"그렇다면, 그쪽은 어떤가요?"

"확실히 네메도 본래의 힘을 끌어내지 못하고 있다는 건 맞을지도 몰라."

"어? 그랬어?!"

"하지만 로즈리아와 같은 건 아니고, 애초에【성녀 권능】

은 전투용 스킬이 아니야. 고레벨 신성술도 오리지널 스펠도 부산물 같은 것."

"부산물?"

"응. 【성녀 권능】은 본래 신의 계시를 들을 수 있는 스킬이라고 해."

여기에 와서 또 신인가. 기묘한 합치다.

얼마 전 루우에게 들은 던전과 신의 석판의 수수께끼에 관한 이야기가 떠오르지 않을 수 없었다.

"예상인 건가요? 확실하지 않은 말투네요."

로즈리아가 묻자, 소피는 고개를 내저으면서 대답했다.

"【고위 감정】도 스킬의 능력을 전부 알 수 있는 건 아니니까. 신의 석판에 비치는 효과 문장 정도는 알 수 있지만, 그 이상은 모르는 것도 많아. 【성검의 인도자】에 대한 것도 똑같아."

"그나저나 신의 계시라. 네메 누나가 그런 걸 들은 낌새 있었나?"

"으~음. 없네요."

"나도 그게 신경 쓰여서 네메에게 물어본 적이 있는데, 못 들었다고 했어. 아무래도 네메에게는 어려운 것 같아. 본래의 힘을 끌어내지 못하고 있다는 건 그런 의미."

"그렇구나."

그렇다면 납득할 수 있다. 그 네메가 신의 계시를 받는 고귀한 존재라고는 생각하지 않으니까.

애초에 네메는 신관을 하고는 있지만, 그다지 세시나교를 신앙하고 있는 것처럼 보이지는 않았다. 계시를 듣지 못하는 것도 그것과 관련이 있을지도 모른다.

"뭐, 신의 계시 같은 게 있어도 던전 공략에는 별로 영향이 없을 테니까."

"그건 모르는 거죠. 어쩌면 최하층으로 가는 지름길을 가르쳐 주실지도?"

"그렇게 마음씨 좋은 신이라면 던전 같은 심술궂은 걸 만들지 않을 것 같은데 말이지."

"그래도, 누가 던전을 만들었는지에 대한 수수께끼 정도는 풀릴지도 몰라."

"그건 들을 수 있을지도. 돌아가면 네메한테 물어볼까?"

그렇게 잡담을 끝내고, 로즈리아의 【성검의 인도자】의 힘을 끌어내는 수행을 재개하기로 했다.

설마 우리가 던전에 들어가 있는 동안 지상에서 그 본인에 얽힌 중대한 사건이 일어나고 있다는 건 알 도리가 없었다.

신성한 습격자

포스 그랜즈에게 이날의 시작은 별것 없는 날이었다.

아침 식사 당번이었던 에린이 만든 아침밥을 먹고, 로즈리아는 노트와 소피를 데리고 성검이 가진 본래의 힘을 알아보기 위해 던전으로 들어갔다.

파티 하우스에 남은 건 나와 에린과 네메 세 사람이다.

이 두 사람과는 딱히 수다를 즐기는 사이도 아니기에, 몸이 둔해지지 않도록 검술 특훈을 하거나 부러진 황박을 대신할 도를 찾으러 밖에 나갈까 고민하던 중, 파티 하우스의 초인종이 울렸다.

누군가 해서 엿보기 창에 얼굴을 가져가자, 그곳에 있던 건 제사복과 수도복을 입은 남녀 집단이었다.

"……누구의 지인이지?"

적어도 내 지인은 아니다. 이런 수상한 집단은 본 적이 없다.

복장으로 봐서는 세시나교 신자이리라. 그러면 로즈리아나 네메의 지인인가?

의아하게 생각하면서 문을 열자, 문 바로 앞에 서 있던 남자가 입을 열었다.

"이 집에 네메 퍼진이 있지요?"

"……너희는 뭐야?"

인상을 찌푸린 것과, 남자가 한 손을 든 것은 동시였다.

위험하다. 나의 직감—이 아니다. 【심안】에 보이는 빛의 선.

남자는 뺨을 끌어올리며 말을 꺼냈다.

"《심판의 속박(엔 샤르)》."

사전에 보인 광선 궤도에서 몸을 젖히며 칼자루에 오른손을 댔다.

"……큭!"

그 한 수가 실수였다는 것을 깨달았다. 지금은 도를 차고 있지 않다. 평상복이다.

황급히 손을 뻗자, 그 끝에 단단한 감촉. 현관에 놓아둔 우산을 들고 구부러지는 빛의 궤도 사이에 끼워 넣었다.

광선을 날린 건 정면의 남자가 아니다. 배후에 선 6인 전원이다. 광선의 정체도 스펠로 만든 사슬이다.

아무리 【검술·극】이라고 해도, 우산으로 6인분의 스펠을 튕겨낼 수는 없다.

세 명의 스펠을 격추하고, 한 명의 사슬을 휘감았지만, 할 수 있던 건 거기까지였다.

나머지 두 명이 날린 사슬이 팔이나 다리를 시작으로 전신을 뒤덮으며 조였다.

구속계 스펠인가. 이 정도의 마법— 저항하는 건 무리인가.

상당한 고위 신성술. 게다가 그게 2인분이다. 손발을 전혀 움직일 수가 없었다.

현관에 쓰러져 애벌레 상태가 되어버린 나를 내려다본 정면의 남자가 입을 열었다.

"만약을 위해 한 겹 더 걸어둘까요. 《심판의 속박(엔 샤르)》."

그렇게 말한 뒤, 이번에는 남자 자신이 속박 술식을 전개했다.

한층 더 조여드는 전신. 이미 완전히 자력으로는 해제 불가능한 구속 상태가 되어버렸다.

"가장 난관이었던 포스 그랜즈는 무력화했습니다. 소피 린라크, 로즈리아 밍크고트, 노트 애슬론은 현재 던전에 있습니다. 재빠르게 에린 포트로드를 제압한 뒤 대상을 탈환합니다."

""분부대로!""

뒤에 있던 남녀 집단은 살짝 고개를 숙인 뒤, 흙발로 파티하우스에 쳐들어왔다.

무슨 일이 일어나는 건지 상황을 전혀 파악할 수 없지만, 그래도 만나자마자 속박 스펠을 쏘는 녀석들이 멀쩡할 리가 없다.

나는 아직 자유로운 입을 열어서 크게 외쳤다.

"에린! 긴급 사태야!"

"뭔데? 나 지금 설거지하느라 바쁘거든!"

에린이 그렇게 말하면서 젖은 접시와 수건을 들고 부엌에서 고개를 내밀었다.

""《심판의 속박(엔 샤르)》""

"……어?"

아니나 다를까, 에린도 구속 스펠의 먹잇감이 되어버렸다.

"이거 대체 뭐야! 접시가 깨져버렸잖아!"

전혀 도움이 안 되는군…….

에린은 손발이 파닥거리면서 복도에 쓰러졌다. 완전히 외통수 상황이다.

젠장! 잘 생각하면 최악의 타이밍이다.

나나 에린은 전투 스타일상 도나 지팡이 같은 무기가 없으면 만전의 힘을 발휘할 수 없다.

장비가 없는 상태로 싸운다면 로즈리아나 소피, 또는 노트에게도 밀릴 가능성도 있을 수 있다.

만약 이 자리에 세 명 중 누군가 남아있었다면 반격할 수 있었을지도 모른다.

실제로 일어나지 않은 상황을 후회하는 건 의미가 없다. 지금은 이 상황을 어떻게 타개할지 생각하는 게 선결이다.

"대체 네메에게 무슨 볼일이지?"

자력으로 저항하는 건 불가능하다고 판단하고, 이 남자들에게서 조금이라도 정보를 끌어내는 것으로 생각을 전환했다.

남자는 대상을 탈환한다고 했다. 말살이 아니라 탈환.

그렇다면 적어도 이 자리에서 네메를 죽일 의도는 없을 거다.

그러니 남자의 정체나 소속을 알 수 있다면 되찾을 수도 있다.

"그 질문에 대답할 의무가 어디 있지요?"

그러나 남자는 나를 힐끗 보기만 하고는 부하 같은 녀석들에게 지시를 내렸다.

"소란이 벌어지기 전에 철수하고 싶습니다. A반은 1층, B반은 2층을 수색하세요. 어떻게든 이 자리에서 성녀의 그릇을 확보하는 겁니다."

성녀의 그릇? 거기서 신경 쓰이는 단어가 나왔다.

네메의 스킬은 【성녀 권능】이라는 것이다. 스킬의 자세한 사항은 네메의 설명 능력 부족 탓에 알기 어려웠지만, 아마 이 녀석들의 노림수는 네메 자신이라기보다는 그녀가 보유한 스킬 같다.

"확보했습니다!"

계단에서 남자가 내려왔다. 그 어깨에는 나나 에린과 마찬가지로 속박 스펠로 묶여버린 네메를 짊어지고 있었다.

네메는 작은 손발을 파닥파닥 흔들며 필사적으로 저항했다.

"이제 와서 네메에게 무슨 용건인가요! 이거 놓는 거예요!"

이제 와서라는 건, 이 녀석들과 면식이 있는 건가?

남자의 입을 열 수는 없었지만, 네메의 입으로 습격자의 정체를 알아낼 수 있을지도 모른다.

위험을 각오한 나는 도박에 나서보기로 했다.

"네메! 이 녀석들은 누구야?!"

"포스까지 붙잡힌 건가요?!"

"나는 됐어! 빨리 말해!"

"후게 추기경은 옛날—."

"조용히."

그 한마디와 함께 남자가 스펠을 날려서 네메를 기절시켰다.

이어서 에린에게도 한 방 먹이고, 마지막으로 나에게 손을 뻗으며 말했다.

"이번에는 목숨까지는 빼앗지 않기로 하죠. 아무쪼록 신께 감사하시길."

남자가 스펠을 날리려고 하는 건 【심안】으로 알고 있지만, 전신이 구속당한 상황에서는 피할 수가 없다.

뇌 안쪽을 직접 뒤흔드는 듯한 충격. 흐려지는 의식 속에서 나는 차가운 표정을 짓고 있는 남자를 노려봤다.

두고 보자. 네 얼굴은 눈에 새겨놓았으니까.

나의 동료에게 손을 댄 것을 반드시 후회하게 해주마.

복수의 투지를 불태우면서, 나의 의식은 가라앉았다.

습격자의 윤곽

우리가 파티 하우스로 돌아오자, 그곳에 펼쳐진 건 눈을 의심하고 싶은 광경이었다.

잠기지 않은 문. 열어보자 그곳에는 물건이 흩어진 현관. 게다가 포스와 에린이 빛의 사슬에 묶인 채 쓰러져 있었다.

일단 두 사람의 속박을 풀고, 깨워서 사정을 물어보기로 했다.

포스의 말로는, 파티 하우스에 신관 같은 수수께끼의 집단이 찾아와서 갑자기 습격하여 네메를 데려갔다고 한다.

일단 《색적》 범위를 넓혀 네메나 수상한 인물의 기척을 찾아봤지만, 그럴싸한 건 찾을 수 없었다.

그들은 이미 《색적》 범위에서 도망친 모양이다.

신속한 행동에 더해서 기척을 탐지하는 내가 던전에 들어간 사이 습격한 걸 보면, 습격자는 상당한 준비를 끝내고 계획을 실행한 걸지도 모른다.

이것은 계획의 준비 단계에서 습격자의 기척을 깨닫지 못했던 나의 실책이다.

포스가 들었다는 후게 추기경이라는 이름. 그 이름에 짐작 가는 게 있는 사람은 이 자리에 한 명도 없었다.

세시나교 관련 인물이라면 로즈리아가 알고 있을지도 모

른다고 생각했지만, 아무래도 들은 적 없는 이름 같았다.

그밖에 세시나교를 잘 아는 인물이라면 바로 떠오르지 않는 게 지금 상황이었다.

어떻게 해야 할지 골머리를 썩이고 있는데, 소피가 입을 열었다.

"길베르트라면 알지도."

맞다. 레이파 밑에 있는 신관 병사라면 알고 있을 가능성이 높을 것이다.

그는 신관 병사 중에서 최강으로 불리며, 이 나라 교회에서도 중요한 역할을 맡고 있었다.

게다가 길베르트에게 가면 왕녀인 레이파와도 만날 수 있다.

왕족이라 발이 넓은 그녀라면 네메를 납치한 인물을 알고 있을지도 모른다.

나와 소피와 포스가 레이파를 찾아가기로 했다.

남은 로즈리아와 에린은 마을 모험가들에게서 수상한 인물의 목격 정보를 탐문하게 되었다.

호텔 문 앞에 있는 초인종을 울렸다. 곧바로 아는 얼굴이 나타났다.

"또 당신들?"

레이파는 의아한 표정을 지으면서 방 안으로 들여보내 주었다.

곧바로 조금 전에 일어난 사건을 이 자리에 있는 『프린세스 나이츠』 사람들에게 이야기했다.

우리의 이야기를 듣고 처음으로 입을 연 건 레이파였다.

"후계 추기경이라……. 이 나라에 그런 사람이 있었던가? 길베르트, 알고 있어?"

"그래, 이 나라 사람은 아니지만. 세시나교의 성지라 불리는 아이판국(國)의 추기경이었을 거야."

"아이판이라니 어디죠?"

인근 국가 관계는 잘 모르는 내가 끼어들어서 물었다.

레이파가 내 질문에 대답했다.

"여기서 남쪽으로 내려가서 나라 하나를 넘어선 곳에 있는 나라야. 드워프 같은 다른 종족이 많고, 예전에는 마도구 제작으로 이름을 떨쳤지만 던전이 없기도 해서 지금은 그 정도까지는 아니라는 느낌이네. 대신 지금의 아이판은 두 가지 분야로 유명해."

"그 두 가지는 뭐죠?"

"하나는 신성술. 길베르트가 말했듯이, 세시나교의 성지라 불릴 정도니까. 그리고 또 하나는 스킬. 아이판은 세계에서 가장 스킬 연구가 발전한 나라로 불려."

스킬 연구라. 확실히 아직 스킬은 인류에게는 던전과 똑같은 수준의 블랙박스이다.

연구하는 나라가 있더라도 딱히 이상하지는 않다.

"아이판에서는 받는 스킬에 지향성을 주는 것에 성공했다는 이야기가 있어. 요컨대 국가 단위로 특정 스킬을 노려서 끌어내고 있다는 거지."

"그런 일이……."

만약 정말로 그런 기적이 있다면, 예전에 나처럼 원하지 않는 스킬을 얻어서 꿈을 포기할 수밖에 없었던 사람이 나오는 일도 없을지도 모른다.

그건 조금 부러웠다.

"일단 다른 나라의 인물이 일으킨 사태라면 나는 손댈 수 없어. 왕녀인 내가 관여한다면 국제 문제가 될 수도 있으니까. 아무리 나라도 그 정도의 분별은 해."

"뭐, 그렇겠죠……."

아무리 그래도 이 포학 왕녀에게 거기까지 기대하지는 않는다.

21계층에서 궁지를 구해주기도 했으니까 혹시나 하는 마음이 있었던 건 부정할 수 없지만, 왕족이라는 지위를 고려하면 그녀의 명분도 납득할 수 있다.

"그와 마찬가지로, 『프린세스 나이츠』의 멤버도 빌려줄 수 없어. 나의 부하라는 위치가 되어버리니까. 알았어? 미야?"

"어?! 나?!"

"당신이라면 『노트가 이렇게 고개를 숙인다면 어쩔 수 없네에. 소꿉친구니까? 저버릴 만큼 나도 매정하지 않으니까아』라고 말하면서 싫지만은 않은 기색으로 힘을 빌려줄 것 같잖아."

"그런 일은 안 해! 아마도……. 뭐, 그래도 『어라이버즈』에는 에린도 있으니까? 친구가 곤란하다면 도와주고—."

"그러니까 안 된다고 했잖아. 친구를 들먹이면서 소꿉친구에게 은혜를 입히려고 하지 마."

그렇게 말한 레이파는 미야의 머리를 때리고는 우리 쪽을 돌아봤다.

"아무튼 우리 쪽에도 사정이 있어서 도와줄 수는 없으니까 원망하지는 마."

"아뇨, 습격자의 정체를 알게 된 것만으로도 도움이 되었어요. 이제 우리끼리 네메를 되찾으러 갈 수 있게 되었으니까요. 감사했습니다."

"기다려. 아직 이야기는 끝나지 않았어."

내가 감사의 말을 남기자, 레이파는 생각지도 못한 말을 덧붙였다.

"만약 당신들이 네메 퍼진을 되찾는다면, 나에게 맡겨. 왕녀의 권력을 써서 두 번 다시 손대지 못하게 그 추기경에게 압력을 걸어줄게."

"……."

"그 뜻밖이라는 표정은 대체 뭐야?"

"그게—."

"노트는 놀란 거야. 레이파가 설마 힘을 빌려줄 줄은 몰랐을 테니까."

내가 동요한 이유를 간파한 미야가 레이파의 어깨를 두드렸다.

"이야~, 레이파도 솔직하지 않네~. 노트를 도와주고 싶었다면 도와주고 싶었다고 솔직히 말하면 될 텐데. 굳이 빙빙 돌아가는 말투를 쓰기는."

"……빠직."

"귀여운 구석도 있잖아! 혹시 츤데레 캐릭터 노리고 있어?"

"역시 아까 한 말은 철회. 당신의 소꿉친구 미야 때문에 나는 당신들을 전혀 도와주지 않기로 정했어."

"어째서?!"

"원망할 거면 내가 아니라 미야에게 해줘."

이것만큼은 완전히 우리 바보 소꿉친구의 잘못이다.

일단 미야에게 원망의 시선을 보내자, 「난 잘못 없는걸!」이라며 전혀 반성의 기색이 보이지 않는 대답이 돌아와 버렸다.

"뭐, 미야에게는 나중에 처벌을 내리기로 하고—."

레이파는 헛기침을 하고는 말을 이었다.

"그나저나 당신들, 정말로 아이판으로 갈 생각이야? 추기경이라면 교회에서도 실질적인 최고 권력을 가진 지위. 그런 인물이 나왔다면 아이판의 세시나 교도를 통째로 적으로 돌리는 셈이야."

"아니, 아이판은 교회가 국가 운영 자체를 진행하고 있어. 나아가서는 그 나라 자체를 상대하는 셈이겠지."

옆에 선 길베르트가 덧붙였다.

나라 자체를 상대하는 셈인가. 보통은 여기서 조금은 주저하는 마음을 보여주겠지만, 공교롭게도 내 안에서 대답은 정해져 있었다.

나라가 대체 어쨌다는 거야. 이쪽은 인류 미답의 던전에 도전하고 있다고.

심층 보스와 비교하면 나라 한두 개쯤은 별것 아닌 적 같았다.

"그런 충고로 저희가 얌전히 있지 않으리라는 건 레이파 님도 제일 잘 알고 계시지 않나요?"

"그렇겠지. 그게 아니었다면 지금쯤 이미 내 손패로 들어오게 되었을 테니까."

"그런 거예요."

그렇게 대답한 우리는 레이파에게서 물러나기로 했다.

네메는 현재 아이판으로 끌려가는 도중이겠지.

습격자가 유괴라는 수단을 썼으니 지금 당장 생명의 위기는 없겠지만, 그래도 느긋하게 있을 여유는 없다.

방에서 나가려고 등을 돌린 우리에게 레이파가 말했다.

"뭐, 무사히 돌아오라고."

"배려하는 말씀을 해주시다니 의외네요."

"당신이 아니라 소피에게 한 말이야."

"……그런가요."

"그리고 당신들에게는 소피를 맡겼으니까, 이런 던전과 상관없는 곳에서 죽으면 용서하지 않겠어. 아무쪼록 소피가 슬퍼하는 일이 없도록 노력해."

"그렇게 되지 않게 네메를 되찾아 올게요."

이것도 레이파 나름의 격려일지도 모른다.

미야의 말대로 무척 솔직하지 않은 것 같지만, 그녀가 이쪽을 염려하고 있다는 건 전해졌다.

게다가 지금의 레이파는 소피에게만은 솔직하게 배려하는 말을 한다.

소피를 장기말의 일부로밖에 보지 않았던 과거를 고려하면, 그건 충분하고도 남는 변화였다.

"그럼 다녀오겠습니다. 레이파 전하."

소피는 만족스럽게 대답하고는 방을 나섰다.

잠깐의 재회

네메를 되찾기 위해 아이판으로 향하던 우리는 남쪽으로 진로를 잡았다.

그렇지만 아이판은 나라 하나를 사이에 끼우고 있어서 목적지까지는 아직 거리가 있다.

게다가 습격자의 정보도 인물 한 명의 정체가 판명되었을 뿐, 주모자나 목적까지는 아직 아무것도 모르는 거나 다름없었다.

아무리 그래도 이대로 아무 대책 없이 적의 본거지에 돌입할 만큼 우리는 바보가 아니다.

서둘러 네메를 되찾고 싶다는 마음은 있지만, 아무래도 아이판에 대해서는 아무것도 모르니까.

네메를 구하기 위해서라도 아이판을 잘 아는 가이드 같은 인물의 존재가 필수적이었다.

예전에 레이파와 한바탕 맞붙게 되었을 때는 목 베는 자나 에이샤의 힘을 빌려서 사태를 해결했다.

그러나 그건 퓰리프 마을에서 일어난 일이어서 왕도에 있는 그들의 힘을 빌릴 수 있었을 뿐이고, 이번 목적지인 아이판은 퓰리프 마을에서 보면 왕도와는 반대 방향이다.

그들에게 연락을 보내기만 해도 며칠이 걸리고, 대답을 기다리는 것도 며칠이 걸린다.

서두르다가는 일을 그르칠지도 모른다는 염려는 있지만, 그렇게까지 시간 유예가 있어 보이지도 않았다.

그렇기에 이번에 부탁하려는 건 다른 인물이었다.

그 인물은 퓰리프와 아이판 사이에 있는 소국에 산다는 이야기를 들었다.

아이판에 사는 건 아니지만, 적어도 우리보다는 아이판을 잘 알 거다.

그 인물이 사는 마을에 도착한 『어라이버즈』 멤버들은 마을에 하나밖에 없는 여관에 묵기로 했다.

현재 시각은 저녁. 서쪽 해가 저무는 마을에서 나는 혼자 그녀가 사는 주소로 향했다.

그 집은 언뜻 보면 아무런 특징도 없는 집이었다.

아담한 외딴집. 처마 밑에는 세련된 식물 장식이 있고, 창문에는 집 안의 조명이 아련한 빛을 발하고 있다.

물색의 새것 같은 초인종을 울리자, 잠시 뒤 그리운 얼굴이 나타났다.

"……어?"

"오랜만입니다."

"어째서 네가……."

"그렇게 놀랄 일인가요?"

"아니, 설마 이 집에서 만날 줄은 몰랐으니까……. 뭐, 퓰리프 마을을 나갈 때 어디로 가는지 알려준 건 나니까 놀라는 것도 이상한 이야기지만, 그래도 여아 유괴범 군이 와줄 줄은 몰랐어."

"그 호칭도 그립네요. 사부."

그렇다. 우리가 찾던 인물은 예전에 퓰리프 마을에서 진이 소개해 줬던, 나에게 도적의 싸움법을 가르쳐 준 리스였다.

그녀와는 2년 만에 재회한 셈이 된다. 마지막으로 이야기한 건 진이 죽었을 때.

소중한 동료를 잃고, 목적도 방침도 잃고, 그녀에게 찾아갔을 때 거기서 모험가를 그만둔다는 말을 들었다.

그때 고향에라도 돌아가겠다는 이야기를 들었고, 그 고향이 마침 아이판으로 향하는 도중에 있는 소국이었다.

2년이라는 기간은 짧으면서도 길다. 나는 그다지 변하지 않았다고 생각했지만, 리스는 그렇지 않았던 모양이다.

머리는 조금 길어졌고, 목소리 톤도 옛날만큼 텐션이 높지 않다.

그리고 무엇보다 지금의 그녀는 앞치마 차림이다. 쇼트 팬츠의 모험가 차림이라는 인상이 강했던 나로서는 아무래도 위화감을 느끼게 된다.

"그렇구나. 아, 그러고 보니 지금은 칠현 유괴범으로 불리고 있다면서? 전에 신문에서 봤어."

"어? 이 나라에까지 전해진 건가요?"

“이자르의 칠현 선발은 세계적으로 유명하니까. 게다가 옛 제자의 동향은 아무래도 신경이 쓰이잖아.”

“그런가요.”

“호칭도 칠현 유괴범 군으로 바꾸는 게 나을까?”

“지금처럼 하셔도 돼요.”

가뜩이나 지금까지 어떤 식으로 이야기를 나눴는지, 옛날 감각을 떠올리는 도중이다.

호칭까지 변해버리면 옛날처럼 마음 편한 대화를 평생 하지 못하게 될 것 같았다.

“그나저나 어쩐 일이야? 갑자기 찾아오다니?”

“상담하고 싶은 게 있는 것하고, 개인적으로 사부와도 이야기를 좀 나눠보고 싶었다고 할까요? 지금 괜찮은가요?”

“집에 들어오는 건 좀 그러니까……. 저녁을 만들던 중이었으니까 잠깐 기다려. 금방 정리할 테니까, 그러면 근처 찻집에서 이야기를 나누자.”

“알겠습니다.”

“그럼 기다려.”

리스는 그렇게 약속 장소인 찻집의 위치를 가르쳐 주고는 집 안으로 사라졌다.

나는 지정된 찻집으로 들어가서 커피를 시키고 자리에 앉았다.

그러고 보니 리스가 모험가를 그만둔다고 했을 때도 장소는 찻집이었던가?

기묘한 우연성을 느끼면서 컵에 입을 가져가고 있었는데, 가게 안에 리스가 나타났다.

그녀도 똑같은 생각을 한 모양이다. 손을 들면서 맞은편 자리에 앉은 그녀는 첫마디로 이렇게 말했다.

"마지막으로 만났을 때도 이런 찻집이었던가?"

"그랬었죠."

"뭐, 그때보다는 작은 마을의 후줄근한 찻집이지만."

그렇게 자조하듯 웃은 그녀도 점원에게 커피를 주문했다.

음료수가 오기 전에 리스가 입을 열었다.

"그때는 함께 모험가를 그만두겠다고 했었지?"

"네. 뭐, 저는 어쩌다 보니 그만두지 못하게 되어서 다시 던전 탐색을 하고 있지만요. 사부는 어떤가요?"

"이거 봐."

그렇게 말한 리스가 왼손을 테이블 위에 내밀었다.

나에게 내민 손등 약지에는 은색 반지가 빛나고 있었다.

"나, 결혼했어."

"……역시 그랬었나요. 축하합니다."

이 사실은 리스의 집에 갔을 때부터 느끼고 있었다.

그녀에게는 결혼에 대한 소망이 있었고, 모험가를 그만둔 이유도 평범한 인생을 걷기 위해서다.

그리고 무엇보다 문패에 걸려있던 성이 변했다. 나를 집에 들이지 않았던 것도 다른 남자를 집에 들이는 걸 주저한 거겠지.

"조금 뜸을 들였네. 좀 더 기쁜 일처럼 축복해 줘야지."

"놀라서, 반응이 조금 늦어졌을 뿐이에요."

"어째서 놀라는 거야. 내가 결혼한 게 그렇게 의외였어?"

"그런 게 아니거든요. 정말로 축하한다고 생각하고 있으니까요."

"그럼 됐어. 뭐, 결혼했을 때 제일 놀란 건 나 자신이지만."

리스는 자기 손에 낀 반지를 아련한 시선으로 바라봤다.

"고향으로 돌아와서, 우선은 부모님 곁에서 살게 되었어. 모험가를 하겠다면서 느닷없이 집에서 뛰쳐나온 몸이니까. 걱정을 끼쳤다는 건 자각하고 있었고, 조금은 효도도 하고 싶었거든."

"그랬었군요."

"그리고 돌아와 보니 이런 나이에 노처녀로 늙는 것도 그렇다면서 갑자기 남자를 소개해 주더라니까. 그 상대는 근처에 살던 사람이었는데, 옛날부터 얼굴을 알고는 있었지만 제대로 이야기를 나눠본 적도 없어서 전혀 내키지 않았어. 그래도 아버지랑 어머니가 너무나도 진지하게 설득해서 한 번 정도는 만나볼까 했는데—."

그렇게 리스는 부끄러워하면서 웃었다.

"그래도, 막상 만나보니 좋은 사람이어서 조금은 생각해

봐도 괜찮겠다 싶었어. 그러는 사이 둘이서 만나는 사이가 되었고, 어느새 결혼하게 된 거야."

"정신이 들자 결혼하게 되었다니……. 결혼은 좀 더 중요한 이벤트가 아니었던가요?"

"그렇게밖에 말할 도리가 없으니까. 그래도 지금의 나는 행복해. 젊은 시절의 나는 모험가를 그만두면 지루한 인생이 기다릴 거다, 평범함에 살해당해서 죽은 듯이 살아갈 바에는 짧더라도 살아간다는 실감이 나는 인생을 보내고 싶다고 생각했었어. 그런데 지루한 인생을 보내다 보니, 깨달은 거야. 평범한 생활도 의외로 나쁘지 않다는 걸. 지금은 이 지루함을 사랑스럽게 느끼고 있어."

그렇게 단언한 리스가 물었다.

"아, 이런 잡담을 하러 온 건 아니지? 나를 찾아온 진짜 용건은 뭐야?"

분명 리스는 알아채고 있겠지. 내가 느긋하게 추억 이야기를 꽃피우기 위해 온 게 아니라는 걸.

모험가 기절의 옛날 지인이 먼 곳에서 찾아왔다는 건, 분명 변변찮은 일일 게 분명하다는 걸.

"그건—."

주저하면서도 당초 목적을 달성하기 위해, 나는 리스에게 동료 네메가 수수께끼의 습격자에게 끌려갔다는 사건을 이야기하기로 했다.

"—이렇게 된 거예요."

모든 이야기를 끝낸 뒤, 리스는 입을 열었다.

"그건 중대한 사태네."

"네. 그러니까 사부의 힘을 빌릴 수 없을까 해서—."

"유감이지만, 그럴 수는 없어. 나도 아이판에 대해서는 잘 모르고, 무엇보다 지금의 나에게는 지켜야 할 게 있으니까."

그렇게 말한 리스는 배에 손을 댔다.

"아무래도 내 안에 새로운 생명이 있는 것 같아. 그리고, 나에게 무슨 일이 생기면 남편이 슬퍼할 테니까. 그이는 딱히 얼굴이 무척 잘생긴 것도, 용감한 것도 아니야. 그래도 굉장히 다정해. 『너처럼 아름다운 사람과 결혼하게 되어서 정말 다행이야』라고 말해줬어. 이런 나에게 말이지? 웃기지?"

리스는 싫지만은 않다는 듯 미소를 지으면서 빨개진 얼굴을 오른손으로 부채질했다.

"그러니까 함께 갈 수는 없어. 미안해. 귀여운 옛 제자가 곤란할 때 도와주지 못해서."

"괜찮아요. 무리하게 부탁하러 온 건 이쪽이니까."

그렇게 대답하며 억지웃음을 지었다.

리스가 행복한 건 기쁜 일이지만, 신기하게도 쓸쓸함이 치솟아 올랐다.

분명, 나와 리스의 인생은 다른 길로 갈라진 거겠지.

꿈을 계속 추구하는 나와는 달리, 리스는 현실적인 행복을 쟁취하기로 했다.

딱히 그건 질책할 일이 전혀 아니고, 사람으로서는 올바른 일일 터이다.

그래도 함께 수행해 왔던 시절의 그녀는 이미 없다는 걸 알게 되자 애달픔이 느껴지게 되었다.

"느닷없이 찾아왔는데 시간을 내어주셔서 감사합니다."

진이 죽고 왕도로 도망쳤을 때, 만약 내가 정말로 모험가를 그만두겠다고 결의했다면 지금의 리스처럼 따스한 미소를 지을 수 있는 인생을 걸었을까?

모르겠다. 로즈리아와 결혼하고, 둘이서 행복하게 살아가는 미래가 있었을지도 모른다.

그러나 동시에 그렇게는 되지 않았을 거라는 예감도 있다.

그때의 나는 평범한 인생에 부족함을 느끼고 있었고, 꿈을 완전히 버릴 수가 없었다.

완전히 꿈을 버릴 수 있었던 리스와는 사정이 다르다.

이게 내 성격 탓인지, 아니면 내가 아직 어린애여서 그런지는 모른다.

어쩌면 언젠가 나도 어른이 되어서, 던전 공략을 포기할 때가 올지도 모른다.

그래도 지금은 그때가 아니고, 꿈을 포기하지 않기 위해서라도 어떻게든 네메를 되찾아야만 한다.

내가 자리에서 일어나려 하자, 리스가 제지했다.

"확실히 도와줄 수는 없다고 말했지만. 조언 정도라면 해줄 수 있을지도 몰라."

"조언?"

"응. 모르는 나라에 들어갈 때 현지를 아는 도적에게 협력을 부탁한다는 발상은 나쁘지 않은 것 같아. 역시 무슨 일이 생겼을 때를 위한 정보는 중요하니까. 던전 탐색에서는 그다지 활약할 여지가 없는 도적이라는 배틀 스타일도, 정보 수집이나 대인 전투에서는 꽤 유용하거든."

"그런가요."

"그리고 아이판에는 유명한 도적이 한 명 있어."

리스는 검지를 세우며 말을 이었다.

"그의 이름은 스이즈 마이란. 세계에서도 다섯 손가락 안에 꼽히는 최강 클래스의 도적이야."

"그 사람에게 협력을 부탁하면—."

"소중한 동료를 되찾는 것도 어렵지는 않겠지."

"그런 사람이 아이판에……."

리스에게 받은 새로운 정보에 숨을 삼켰다.

오랜 세월 도적을 해왔으면서, 세계에서 유명한 실력자를 모르는 건 좀 어떤가 싶기는 하지만.

"나도 그런 도적이 아이판에 있다는 소문을 들었을 뿐이고, 만난 적은 없으니까 어떤 사람인지는 모르지만 말이지. 그래도 뭔가 도움이 될지도 모르잖아. 게다가 여아 유괴범 군의 힘이라면 혼자서 착착 해결할 수 있을지도 모르지만, 일단 가르쳐 주는 게 좋을 것 같아서."

"아뇨, 혼자서는 아무것도 하지 못한다는 건 제가 가장 잘 아니까요. 도움이 되는 정보를 알려주셔서 감사합니다."

갑자기 찾아와서 민폐 끼치는 부탁을 한 상대를 매정하게 대하지 않고 다정한 조언을 남겨주다니, 리스는 어쩜 이리도 배려심 많은 사람일까.

모험가를 그만뒀다고는 해도, 역시 리스는 나의 스승이다.

설령 다른 길을 걷게 되었더라도, 이건 변함없는 사실 같았다.

"역시 사부의 얼굴을 오랜만에 보니까 좋네요."

"그다지 도움이 되는 정보를 주지는 못한 것 같지만."

"그게 아니라, 행복해 보이는 사부의 모습을 볼 수 있어서 좋았다는 거예요."

그리고 이번에는 진심으로 축복의 말을 꺼낼 수 있었다.

"다시금 말씀드릴게요. 결혼 축하합니다. 사부가 행복한 신혼 생활을 보내기를 기원할게요."

"기원하지 않아도 행복으로 가득한 신혼 생활을 보내고 있으니까 안심해."

그렇게 말하며 활짝 미소를 짓자, 리스는 오른손을 들어서 주먹을 쥐었다.

"여아 유괴범 군도 빨리 동료를 되찾아서 무사히 돌아와.

그리고 내가 이뤄내지 못했던 던전 제패라는 꿈을 이루어 줘. 그러면 나도 옛 스승으로서 가슴을 펼 수 있으니까."

"그런 말씀을 안 하셔도 네메를 되찾고, 던전 제패도 할 테니까요. 그리고 사부도 옛 스승 같은 게 아니라, 저의 영원한 스승이에요."

"귀여운 말을 해주네, 정말이지."

그렇게 리스와 잠깐의 재회를 나눈 나는 가슴이 따스해졌다.

네메 퍼진과 재회

네메 퍼진이 눈을 뜨자, 시야에 펼쳐진 건 간소한 나무 천장이었다.

모르는 광경이 의아해져서 몸을 일으키려 했지만, 몸이 잘 움직이지 않았다. 고개를 돌려 자신의 몸을 보자, 빛의 사실이 손발을 모두 묶고 있다.

"이거, 뭔가요……."

악몽 같은 걸까? 네메는 즉시 그런 생각을 했다.

확실히 일어나기 전에도 악몽을 꿨던 것 같다.

그날은 쉬고 『어라이버즈』의 파티 하우스에서 느긋하게 자고 있었는데, 가자기 1층에서 소음이 나서 일어났다.

그리고 신경이 쓰여서 문을 열자, 그곳에는 아는 얼굴이—.

"겨우 눈을 떴습니까."

그 목소리에 몸이 움찔 떨렸다.

어딘가에서 들은 적 있는 목소리. 목소리가 난 방향으로 고개를 돌리자, 눈을 의심하고 싶어지는 인물의 얼굴이 있었다.

"……후게 추기경."

아직 악몽을 꾸고 있는 걸까? 아니면 꿈 같은 건 처음부터 꾸지 않았던 걸까?

이제 막 깨어난 머리로는 상황을 잘 파악할 수가 없다. 정신이 들자 멋대로 입이 열렸다.

"어째서……죠……."

"글쎄요? 어째서라니요?"

"어째서…… 있는 거죠……."

"그렇게 놀랄 일입니까? 나는 그저 당신을 맞이하러 왔을 뿐입니다."

눈앞의 남자는 그렇게 말하면서 천천히 인사했다.

"세시나교의 당대 성녀로서, 방황하는 신도를 이끄실 수 있도록."

뻔뻔스럽게 대답한 후게 추기경을 본 네메는 주먹을 움켜쥐었다.

어느 입으로 그런 말을 하는 걸까? 불평해 주고 싶은 기분이었다.

"어째서 네메인 거죠?!"

"그건 당신이 제일 잘 알고 있지 않습니까?"

"스킬인가요?! 그렇더라도 네메가 성녀에게 어울린다고는 생각하지 않는 거예요!"

"당신이 그렇게 주장해도, 신께서 정하신 일입니다. 당신에게는 성녀의 소질이 있다고."

역시 후게 추기경은 네메 따위는 필요하지 않다. 그저 자신이 가진 【성녀 권능】이 필요할 뿐이다.

이런 스킬, 네메는 단 한 번도 원하지 않았다.

그런데도 뭔가의 실수로 받아버린 바람에, 자신의 인생은 크게 변하고 말았다.

"하지만 네메는 성녀 같은 건 안 한다고 했어요! 그러니까 메모를 남기고 나갔고—."

"그런 낡아빠진 종이에 적은 글을 인정할 수 있을 리가 없지 않습니까. 게다가 성녀가 되는 것은 세시나교를 믿는 자로서 명예로운 일입니다. 어째서 그렇게 불만인 것이지요?"

"추기경도 네메가 성녀에게 어울리지 않는다는 건 뻔히 알고 있을 거예요! 실제로 네메는 그런 말을 들어왔어요!"

"그건 스킬을 입수하기 전의 이야기이지요. 우리의 눈이 잘못되었을 뿐입니다."

"그렇더라도, 네메보다 성녀에 어울리는 사람은 많았을 거예요! 게다가 지금 성녀를 맡고 있는 건—."

"아르시아입니까. 그녀는 성녀 대행으로 잘 해주고 있지요. 그래도 성녀 대행에 불과합니다. 누누이 가르쳤을 텐데요. 【성녀 권능】이 없는 자는 성녀의 직함을 가질 수 없다고."

"그래도 네메는 성녀가 될 생각은 없는 거예요! 성녀가 되어야 하는 건 아르시아라고 생각해요!"

"신의 뜻에 반하더라도?"

"맞아요! 신이 뭐라고 말하든, 네메는 성녀가 되지 않을 거예요!"

"그렇습니까……. 정말이지, 옛날부터 변함이 없군요. 남이 뭐라 말하든 자신의 의기를 굽히지 않는다니."

후게 추기경은 깊은 한숨을 내쉬면서 어깨를 떨궜다.

설득이 성공했나 싶어서 네메가 내심 기뻐하던 중, 추기경은 품에 손을 넣어서 은색 물체를 꺼냈다.

"그럼, 죽일 수밖에 없겠군요."

"어? 총인가요?! 기다리는 거예요!"

"어째서입니까?"

"어째서 죽인다는 이야기가 되는 건가요?! 너무 뜬금없잖아요?!"

"그렇게 놀랄 일은 아닐 텐데요. 레어도 EX 스킬은 동시에 두 개 존재하지는 않는다고 전해집니다. 당신이 【성녀 권능】을 가지고 있는 동안에는 다른 신도에게 【성녀 권능】이 생길 일은 없다는 뜻이죠."

"그렇다고 죽일 것까지는 없는 거예요! 어쩌면 네메가 설득에 밀려서 성녀가 될 가능성도 부정할 수 없는 거예요!"

"아까 말하지 않았습니까. 신이 뭐라고 말하든 성녀는 되지 않겠다고."

"그렇게 말하기는 했지만, 네메의 말실수일지도 모르는 거예요! 역시 성녀가 되는 걸 아주 조금은 생각해 줄 수도 있는 거예요!"

"그럼 성녀가 되겠습니까?"

“네메는 성녀가 될 생각은 없는 거예요!”

“없는 겁니까. 그럼—.”

“총구를 겨누지 말라는 거예요! 지금은 입이 좀 꼬였을 뿐이에요!”

“입이 꼬였다는 건 그게 본심이라는 뜻이 아닙니까? 그런 부분도 옛날과 전혀 변함이 없군요. 입에서 되는 대로 말을 꺼내서 자기 유리한 소리만 하는 것.”

“기다리는 거예요! 네메가 잘못한 거예요!”

전신에 식은땀을 흘리면서 애원하는 사이, 안쪽 문이 열렸다.

“후계 추기경. 죽이는 건 아직 일러요.”

“아르시아?!”

생각지도 못한 인물과 재회하게 된 네메의 목소리가 뒤집혔다.

“어째서 아르시아가 있는 건가요?!”

“어째서고 자시고, 당신을 데려오는 작전에 협력하고 있는 건데요.”

“아르시아! 지금 당장 네메를 구해주는 거예요! 『어라이버즈』의 모두가 있는 곳으로 돌려보내 주세요!”

“그러니까 사람 말을 들은 건가요? 지금은 후계 추기경의 작전에 협력하고 있다고 했잖아요. 나는 당신의 적이에요.”

“아니에요! 아르시아는 다정하고, 언제나 네메의 편을 들

어준 거예요! 아이판에 있을 때도—."

"과거 일은 과거 일이죠. 지금은 달라요."

아르시아는 차가운 음색으로 내뱉었다.

그러고 보니 어조도 표정도 옛날과는 전혀 다르다. 전에는 좀 더 친근한 말투로 네메를 대했었고, 언제나 부드러운 미소를 짓고 있었다.

그러나 지금의 아르시아는 가면을 쓴 것처럼 만들어진 웃음을 짓고 있다.

"아르시아에게 무슨 짓을 한 거죠?! 세뇌인가요?!"

"그런 걸 당하지는 않았어요. 자기 의지로 움직이고 있을 뿐이에요."

"세뇌당한 사람은 다들 그렇게 말하는 거예요! 그렇죠? 후게 추기경?"

"아니, 세뇌 같은 건 하지 않았습니다만……."

"세뇌한 사람은 다들 그렇게 말하는 거예요!"

"이건 무슨 소리를 해도 통하지 않겠군요……."

후게 추기경은 어딘가 어이없다는 표정을 지었다.

그리고는 어흠, 헛기침한 뒤에 표정을 되돌려서 아르시아를 마주했다.

"그나저나, 네메 퍼진의 살해를 막다니 무슨 변덕입니까? 설마 이제 와서 배신할 셈입니까?"

"그럴 생각은 없어요. 그저 제1, 제2안을 포기하고 네메를 죽인다는 최종안으로 이행하는 건 시기상조라고 생각했을 뿐이죠."

"네메 퍼진을 성녀로 옹립한다는 제1안은 이미 무너진 것 아닙니까? 그리고 제2안을 실행하는 데 필요한, 어떤 스킬이라도 하나만 훔칠 수 있다는 【기적의 찬탈자】의 보유자도 발견되지 않았습니다. 그러면 최종안이 현실적이라고 생각합니다만?"

"네메를 죽인다고 해서 곧바로 【성녀 권능】이 다른 사람에게 옮겨 가는 게 아니에요. 애초에 네메 자체가 수십 년 만에 나온 【성녀 권능】 소유자니까요. 【성녀 권능】이 새로운 성녀 후보생에게 옮겨간다는 도박을 하는 것보다는 네메를 성녀로 옹립하는 쪽이 쉽겠죠."

"나는 네메 퍼진이 순순히 설득을 받아들일 것 같지 않습니다만."

"그건 제가 설득하죠. 네메와는 모르는 사이도 아니니까요."

"성녀 후보생 시절에 네메 퍼진과 친교가 있어서 온정을 주려는 건 아니겠죠?"

"저에게 온정 같은 마음이 있었다면, 네메를 데리고 오는 계획에 참가하지도 않았어요."

"그것도 그렇군요."

후게 추기경은 납득한 듯 끄덕였다.

솔직히 여기까지 오자, 네메의 머리에는 두 사람의 대화가 들어오지 않았다.

아르시아가 나타난 것만으로도 머리가 꽉 찰 지경인데, 아르시아의 변모나 네메를 적대한다는 것이 확인되자 생각이 뒤죽박죽으로 엉켜버렸다.

그저 두 사람이 네메의 의지와는 상관없는 꿍꿍이를 꾸미고 있다는 것만큼은 명백했다.

"두 사람이 못된 짓을 생각하는 모양이지만, 전부 소용없는 짓이에요! 레이파 때처럼, 분명 노트네가 구해주러 올 거예요!"

"노트 애슬론인가요……."

아르시아는 한쪽 눈에 손바닥을 대면서 중얼거렸다.

"확실히 그는 우리에게 가장 큰 위협이 될 수 있는 존재지만, 대책을 세우지 못하는 건 아니에요. 그의 【지도화】와 그것에 덧붙은 《색적》도, 세계의 이치에서 벗어난 던전 안에서는 무의미하니까요. 그가 던전에 들어간 타이밍에 습격한 덕분에 작전은 무사히 성공했고, 그가 던전에서 돌아오기 전에 사거리 밖으로 도망칠 수도 있었죠. 게다가 저의 【초원시(超遠視)】가 사거리는 위에요. 지금도 그들의 동향은 파악하고 있으니까요."

아르시아는 오른쪽 눈에 대고 있던 손을 내리고는 이쪽을 내려다보면서 말했다.

"그러니, 구출은 기대하지 마세요. 우리는 날이 밝으면 이

여관을 나와서 마차를 타고 아이판까지 갈 거예요. 그동안 저항한다면, 후게 추기경이 말하는 최종안을 써야만 하게 되겠죠."

"아르시아……."

"죽고 싶지 않다면 얌전히 있어요."

그렇게 말하는 아르시아는 자신이 아는 그녀와 동일 인물 같지 않았기에, 네메는 그저 숨을 삼킬 수밖에 없었다.

아이판과 도적 길드

『어라이버즈』의 멤버가 아이판에 도달한 건 네메가 끌려간 지 열흘이 지난 무렵이었다.

무사히 입국하기는 했지만, 목적지는 아직 멀다.

마차를 타고 함께 온 행상인에게 물어보니, 후게 추기경이라는 자는 이 나라에서는 이름이 알려진 인물이며, 세시나교 최대의 성지이면서 이 나라의 수도라는 비스릴이라는 도시에 있을 거라고 한다.

비스릴은 국경에서 닷새 이상 마차를 타고 가야만 하기에, 이것 또한 길게 느껴지는 여로였다.

겨우 비스릴에 도착하여 마차 창문을 통해 밖을 들여다보자, 전방에 펼쳐진 것은 꼭대기가 깎여서 움푹 들어간 산이었다.

“저게 비스릴?”

의문이 들었던 내가 입을 열자, 마차를 끄는 남성이 대답했다.

“어라? 혹시 댁들은 비스릴에 오는 게 처음인가?”

“맞아요. 괜찮으면 도시에 대해 가르쳐 주실래요?”

“귀여운 아가씨의 부탁이라면 거절할 수 없지.”

로즈리아가 애교 많은 성격을 발휘하면서 묻자, 남성은 기분이 좋아진 표정으로 대답했다.

"수백 년 전, 아직 전쟁 같은 게 벌어지던 시대였지. 아이판도 마찬가지로 전쟁이 끊이지 않던 나라였어. 주요 도시는 모두 전쟁에 휩쓸렸고, 화산 화구터에 지어진 도시 비스릴도 그 독특한 지형 탓에 비교적 공격받는 일은 적었지만, 그래도 언제 전쟁의 중심이 되어도 이상하지 않은 상황이었어."

마차를 끄는 남자가 말하는 건 비스릴의 역사였다.

로즈리아가 물어본 건 현재 도시의 상황이었지만, 열기가 담긴 이야기를 이제 와서 방해할 수는 없었다. 두 사람은 그대로 이야기를 듣기로 했다.

"그때 한 영웅이 나타났지. 포쥬 마르타이오스라는 드워프였어. 이 나라 사람이라면 어린애라도 아는 이름이야. 그런 그는 언제 공격받을지 알 수 없던 비스릴의 상황을 우려하여 홀로 장대한 계획을 세우기로 했어. 그건 이 산속에 있는 비스릴을 요새 도시로 만드는 것이었지."

"요새 도시인가요……."

"맞아. 당시의 권력자라면 모를까, 포쥬는 그때는 그저 평민 소년 중 한 명에 불과했어. 산속이라는 환경도 어우러져서, 모두가 그런 건 무리라며 코웃음을 쳤지. 그래도 포쥬는 계획을 진행했다고 해."

"그래서, 그 계획은 성공했나요?"

로즈리아가 창문에 비치는 산을 바라보며 질문했다.

남자는 가슴을 펴며 대답했다.

"그래. 그건 성공했어. 모두의 예상을 뒤엎으면서 말이지. 물론 처음에는 계획이 난항을 겪었다고 해. 소년 한 명이 도시를 요새 도시로 바꾼다는 건 무모한 이야기야. 하지만 도중에 소년은 15세가 되어 스킬을 얻었어. 【성퇴(聖槌)를 메는 자】라는 지금은 전설이 된 스킬이지."

"【성퇴를 메는 자】……."

설마 여기서 디에고에게 들었던 이야기와 연결될 줄은 몰랐다.

이름으로 봐서는 【성퇴를 메는 자】는 【성검의 인도자】나 【성총을 거둔 자】에 이은 세 번째 성구 시리즈 스킬이리라.

남자의 이야기는 반쯤 건성으로 듣고 있었지만, 어쩌면 그 포쥬라는 사람의 일화에 【성검의 인도자】의 힘을 끌어내는 힌트가 있을지도 모른다.

이야기를 듣는 자세를 바꿨다.

"포쥬는 그 스킬로 만들어진 성퇴를 사용해서 도시를 다시 만들었다고 해. 강고한 암반은 더욱 강고한 성벽으로. 주변을 뒤덮은 초목은 그대로 둔 채 거기에 포문을 달았지. 도시에 복잡한 지형을 정비하고, 침입자를 막는 미로로 재건하기도 했어. 그 결과 비스릴은 난공불락의 요새가 되었고, 주민들도 다들 포쥬의 공적을 칭송하게 되었지. 이게 이 도시의 역사야."

"스킬 하나로 그런 일까지 가능한가 보네요."

"맞아. 그래서 이 도시는 세시나교의 성지로 불리는 거야. 신에게 받은 기적으로 전쟁의 참화를 피한 일화 때문이지. 그로부터 100년 가까이 지났을 때 아이판의 수도가 비스릴로 옮겨지면서 지금에 이르는 거야."

"그럼 멀리서는 산으로밖에 보이지 않지만, 쏘려고만 한다면 언제 대포가 날아와도 이상하지 않다는 건가요?"

로즈리아가 뺨에 검지를 대면서 물었다.

마차를 끄는 남자는 웃으면서 말했다.

"말이 좀 부족했나. 비스릴이 요새 도시였던 건 수백 년이나 옛날에 있었던 일이야. 지금은 성퇴가 담은 마력도 바닥을 드러내서, 그냥 요새터가 되었어. 뭐, 요새 기능을 잃어버렸더라도 도시로는 성립되니까. 게다가 지금은 전쟁도 없잖아. 그러니 아무런 문제도 없는 거지."

"그럼 안심이네요."

"하지만 도시에는 요새였던 흔적이 잔뜩 남아있으니까. 관광명소로도 즐길 수 있다고. 별난 거리의 모습을 보고 포로가 된 관광객도 많아. 만약 나에게 일이 없었다면 아가씨에게 안내해 주고 싶을 정도야."

"저희도 용건이 없었다면 느긋하게 관광이라도 즐기고 싶었을 텐데요. 그건 또 다음 기회에 하는 걸로."

로즈리아는 붙임성 있게 웃으며 말했다.

그녀의 말대로, 우리는 네메를 되찾는다는 사명이 있다.

남자의 이야기를 듣고 비스릴이라는 도시에 흥미가 생긴 건 사실이지만, 지금은 시간이 아까운 상황이다.

분명 네메를 되찾기 위해 소동을 일으킨 뒤에는 관광을 즐길 여유 같은 건 없으리라 생각하면서, 다가오는 산을 지켜봤다.

*

『어라이버즈』 일동은 비스릴에 도착하자마자 거점이 될 여관을 잡았다.

네메의 대략적인 위치를 파악한 이후에는 이쪽 차례다.

나에게는 【지도화】와 《색적》 아츠가 있으니까.

네메가 《색적》 범위 안에 들어오면 그녀의 기척을 찾아낼 수 있고, 【지도화】로 위치를 명백하게 밝힐 수 있다.

아무래도 네메는 비스릴의 중심에 위치한 세시나교 본거지라 할 수 있는 대교회의 어느 방에 유폐된 모양이었다.

기척을 봐서는, 일단 생명의 위기는 없어 보여서 안심했다.

그러나 네메가 있는 곳은 사렌그레 대교회라는, 이른바 이 나라의 최고 결정 기관도 겸비한 교회다.

우리나라에서는 왕이 나라를 통치하지만, 이 아이판에서는 세시나교 교황이 나라를 다스린다.

요컨대 왕도의 왕궁에 사로잡힌 거나 다름없다.

일개 모험가가 쉽게 침입하고, 하물며 유폐당한 인물을 탈환할 수 있을 리가 없다.

그렇기에 여기서는 순순히 리스의 어드바이스를 따르기로 했다.

아이판에 있다는 최강의 도적, 스이즈 마이란에게 협력을 요청한다.

후계 추기경의 네메 유괴가 국가적인 일이었을 경우, 우리가 네메를 되찾으려는 행동 자체가 아이판이라는 나라에 대한 반역 행위로 보일 수 있다.

최악의 경우에는 이 나라에서 수배자가 되어버린다.

이 나라의 주민인 스이즈 마이란의 협력을 받는 건 어려울 것 같기도 하지만, 비스텔에 대해 거의 모르는 우리만으로 네메를 탈환하는 건 실패할 가능성이 높다.

그럼 신뢰할 수 있는 스승의 어드바이스에 따라서 스이즈 마이란의 협력을 얻어내는 가능성에 거는 게 좋아 보였다.

그렇지만 그 도적이 어디 있는지에 대한 정보는 얻지 못했다.

주요 도시에는 그 지역 사람들이 배틀 스타일을 등록하기 위한 각각의 길드가 있을 거다.

그에 따라 비스텔에도 도적 길드가 있기에 바로 가보기로 했다.

혼자 가는 건 왠지 불안하지만, 대인원으로 가도 쓸데없이 눈에 띈다. 여기는 에린과 둘이서 가기로 했다.

“실례합니다~.”

밖에서 낌새를 엿보더라도 사태는 호전되지 않기에, 곧바로 안에 들어가기로 했다.

“등록이신가요? 아니면 의뢰이신가요?”

낯선 우리의 존재를 알아챘는지, 카운터에 있던 접수원이 반응했다.

뭐라 용건을 꺼내야 할지 고민하고 있는데, 에린이 크게 숨을 들이쉬며 말했다.

“여기에 스이즈 마이란이라는 도적 없어? 실력 있는 도적이라고 해서 의뢰를 내려고 하는데.”

이럴 때는 솔직히 믿음직스럽다. 에린의 겁먹지 않는 성격이 부럽다고 생각하는 순간이기도 했다.

“스이즈 마이란인가요…….”

접수원이 곤란한 듯 인상을 찌푸렸다.

뭔가 문제라도 있는 건가? 나와 에린이 의문으로 생각하고 있는데, 로비 소파에 앉아 있던 남자가 술을 한 손에 들고 다가왔다.

“스이즈 마이란을 찾아 도적 길드에 찾아오다니, 댁들 외부인인가?”

“뭐야, 갑자기 말을 걸어오면서 사람을 외부인 취급하다니, 취했다고는 해도 조금 실례 아냐?”

설마 실례 발언의 필두인 에린에게서 실례라는 말을 듣는 인물이 있을 줄이야…….

내가 당황하는 사이, 남자는 짧은 머리를 긁적이며 말했다.

"오, 이건 실례였나. 미안미안. 하지만 아가씨가 아무것도 모른다 싶어서 끼어들었을 뿐이야."

"당신, 스이즈 마이란을 알고 있어?"

"글쎄다. 어떻게 대답해야 정답일지는 모르겠지만……."

그렇게 말한 남자는 접수 카운터에 기댔다.

"아무래도 스이즈 마이란이라는 도적은 수수께끼에 휩싸여 있으니 말이지. 이 도시에도 정체를 아는 사람은 극히 일부. 실존하고 있고, 이 도시에 있다는 정보만큼은 나돌고 있지만, 그 이상의 구체적인 건 거의 비밀에 휩싸여 있어."

마치 어디서 들은 이야기 같았다. 그러고 보니 최강의 킬러로 이름 높은 목 베는 자도 도시 전설이나 다름없는 취급을 받고 있었다.

나는 목 베는 자의 정체를 알고, 그의 입에서 보복을 막기 위해 신원을 숨기고 있다는 말을 들었지만, 스이즈 마이란도 비슷한 이유인 걸까?

도적이라는 배틀 스타일인 만큼 잠입 의뢰 등도 받는 경우가 있기에, 정체를 숨기고 있을 가능성도 고려해 볼 수 있다.

어느 나라에서나 비슷한 이야기가 나돌고 있는 걸 보면, 국가가 달라도 인간이라는 생물은 그다지 다르지 않은 걸지도 모른다.

"요컨대 아무것도 모른다는 거네."

"뭐, 엄격한 평가지만 사실이기는 하지."

남자는 아직 술이 남은 병을 카운터에 놓고는 코웃음을 쳤다.

"그런 인물에게 의뢰하러 못 보던 젊은이 2인조가 찾아왔으니, 외부인이라고 의심하는 건 당연하잖아? 그러니까 너무 화내지 말라고."

"화나지 않았어. 이건 통상 모드야."

"오오, 드센 아가씨로구만."

"나는 언제 화내더라도 괜찮거든?"

에린이 도발적인 시선을 보내자, 남자는 손을 들고 항복의 뜻을 내비쳤다.

다행이다. 남자가 시비를 걸어서 소동이 벌어진다면 네메를 되찾을 길이 멀어지고 만다.

가능하다면 에린이 원만한 언동을 써줬으면 좋겠다.

남자도 험악한 분위기를 불식하려는지 입을 열었다.

"사과의 뜻으로, 내가 스이즈 마이란에 대해 아는 정보를 하나 더 알려주겠어."

"뭔데?"

"그는 결코 보수액으로 의뢰를 고르지 않는다더군. 어느 귀족이 몇 억의 거금을 내밀었는데도 고개를 끄덕이지 않았다는 에피소드가 있을 정도야."

"그건 의뢰를 받는 독자적인 기준이 있다는 건가요?"

"뭐, 그렇지 않을까? 나도 잘 아는 건 아니지만."

주정뱅이 남자가 내 질문에 대답했다.

그건 다행일까, 불행일까. 우리가 아무리 던전 공략의 최선단을 달리고 있다고는 하지만, 만년 자금 부족에 빠진 파티이기도 하다.

돈이 없어서 황박을 대신할 포스의 도를 찾지 못하고 있을 정도다.

동료를 구하기 위해서라고는 해도, 없는 걸 꺼낼 수는 없다.

그런 의미에서는 스이즈 마이란이 수전노가 아니라는 건 그나마 희망이 남아있을지도 모른다.

"그래서, 댁들은 그 스이즈 마이란에게 무슨 용건인데?"

"그건—."

여기서 듣도 보도 못한 도적에게 목적을 밝히는 건 위험했다.

우리는 이 남자의 이름도 뭐도 모른다. 아는 건 이런 대낮부터 도적 길드에서 술을 마시고, 손님에게 다가왔다는 사실 정도다.

우리가 네메를 탈환하려 한다는 말을 꺼내면, 그 정보를 교회에 팔지도 모른다.

그게 아니더라도 척 봐도 입이 가벼워 보인다. 술집 소문이야기가 돌고 돌아서 후게 추기경의 귀에 들어가지 않는다는 보장이 없다.

우리의 경계를 짐작했는지, 남자는 장난스러운 표정을 지으며 양손을 들었다.

“이봐, 기다리라고. 그렇게 쭈뼛쭈뼛하지 마. 이래 봬도 나는 선의로 묻는 거라고?”

“선의?”

“그래. 이래 봬도 나도 도적 나부랭이라고. 의뢰도 언제나 받고 있어. 뭣하면 세일도 해줄 수 있다고? 댁들 돈 없잖아? 지금이라면 파격가로 댁들의 의뢰를 받아줄 수도 있어.”

“파격가라니, 그거 아무도 당신에게 의뢰하지 않는다는 거 아냐?”

에린이 흥미를 잃은 듯 한숨을 내쉬었다.

“이런 주정뱅이에게 말해봤자 시간 낭비야. 진실을 말하는지도 알 수 없잖아. 정보를 모으더라도 다른 도적에게 물어보기로 하자.”

“어이어이, 아가씨. 친절하게 답해줬는데 그 평가는 신랄하지 않아?”

“유감. 우리는 일류 도적을 찾고 있어. 의뢰가 필요하다면 다른 사람을 찾아봐. 자, 가자.”

에린은 그렇게 내 소매를 잡아서 그대로 등을 돌려 길드 입구로 발길을 옮겼다.

반면, 나는 과연 에린을 따라가야 할지 망설이면서 발을 멈췄다.

"왜 그래?"

눈살을 찌푸린 에린을 무시한 나는 남자에게 질문을 던지기로 했다.

"한 가지 괜찮을까요?"

"응? 뭔데? 형씨."

"어째서 저희가 돈이 없다고 생각하시죠?"

"응?"

남자는 질문의 의미를 이해하지 못하겠다는 듯 눈을 크게 떴다.

나는 자신의 생각을 정리하면서 말을 꺼내기로 했다.

"아니, 저희의 장비를 보면 아무리 봐도 졸부 모험가처럼 보이잖아요? 그녀가 가진 지팡이는 어디를 어떻게 봐도 고급스럽고, 마도사 장비를 잘 모르더라도 같은 도적이라면 제가 절대 싸구려가 아닌 대거를 차고 있다는 걸 알 수 있을 텐데요."

"그건 취해서 제대로 보지 못한 거 아냐?"

에린의 추측은 지당하다. 완전히 나의 지나친 생각일 가능성도 있다.

"그럴지도 모르고, 그게 아닐지도 모르지. 하지만 아마 이 사람은 우리의 장비보다는 말투나 표정을 우선해서 의뢰금

이 없다는 걸 짐작한 것 같아. 어렴풋한 생각이지만.”

“그러니까 그게 어쨌다는 거야.”

“잘 설명할 수는 없지만, 겉보기보다는 취하지 않은 것 같아서.”

“호오…….”

남자는 감탄한 시선을 보냈다. 그런 와중, 나는 어느 판단을 내리기로 했다.

“혹시 괜찮다면, 저희의 의뢰를 받아주실래요?”

“제정신이야?”

대각선 뒤에서 당혹스러운 목소리가 들렸다.

나도 이건 도박이라고 생각한다. 이 수상한 도적에게 동료의 명운을 맡긴다니.

그러나 완전히 문외한의 요행인 건 아니다. 제대로 된 이유도 있다.

“아마 이 사람, 이 도적 길드 안에서 제일 유능해. 나의 《색적》이 그렇게 말하고 있어.”

“그런 거였구나.”

이유를 말하자, 에린도 납득한 모양이었다.

나와 에린도 짧은 사이는 아니다. 적잖은 신뢰를 가지고 있는 거다.

“아무래도 재미있는 손님인 것 같네.”

남자는 입꼬리를 들더니 알코올이 들어간 병을 잠갔다.

그대로 품에 숨기고 있던 아이템 백에 술을 넣고는 등을 돌리며 말했다.

"여기서는 속을 터놓고 이야기할 수 없겠지? 이동하자고."

*

"그러고 보니 자기소개가 아직이었군."

나이는 30대 중반 정도겠지.

도적 길드에서 만난, 짧은 머리에 옷을 너절하게 풀어 입은 남자는 인적이 없는 뒷골목에 도착하자 입을 열어 말했다.

"내 이름은 스이즈 마이란. 아마 댁들이 찾는 도적이라는 건 나다. 잘 부탁해."

"엑?!"

옆에 있던 에린이 놀라서 목소리를 높였다.

의뢰를 내기로 결정한 나도 갑작스러운 발언에 당혹했다.

"당신, 스이즈 마이란을 모른다고……."

"딱히 모른다고 말하지는 않았어. 얼버무렸는데 아가씨가 멋대로 모른다고 믿었을 뿐이지."

돌이켜 보면, 확실히 그는 어떻게 대답해야 정답일지 모르겠다고 말했다.

그 후, 스이즈 마이란은 수수께끼에 휩싸인 도적이라는 이야기가 나왔기에, 이쪽이 멋대로 눈앞의 남자는 스이즈

마이란을 모른다고 판단했을 뿐이다.

그래도 납득이 가지 않았는지, 에린이 이어서 물었다.

"당신, 어째서 그런 심술궂은 짓을 한 거야?"

"심술이라. 뭐, 그렇게 생각하는 것도 당연하지. 그건 내가 의뢰를 받는 룰에 관련된 건데—."

"의뢰를 받는 룰?"

확실히 눈앞의 남자는 조금 전 스이즈 마이란은 의뢰를 받는 기준이 있다고 말했었다.

그가 만약 정말로 스이즈 마이란이라면 본인의 말이기도 하니, 그 정보는 올바르겠지.

"그래. 나는 돈으로 의뢰를 받지 않아. 돈은 있는 게 좋기는 하지만, 많이 가진다고 해서 잘난 것도 아니니까."

"그럼 어떤 의뢰라면 받는 거죠?"

"그렇게 어렵지는 않아. 내가 의뢰를 받는 룰은 지극히 심플. 내가 그 일을 재미있다고 생각하느냐다."

스이즈 마이란을 자칭하는 남자는 미소를 지으며 말했다.

"나는 재미있다고 생각하는 일밖에 안 해. 인생은 한 번 뿐이니까. 즐기는 자가 이기는 거지. 그러니 나는 모험가 같은 일을 하고 있고, 다양한 의뢰가 들어오는 도적이라는 배틀 스타일을 하는 거다. 너는 어떻지?"

남자는 내게 물었다. 조금 전까지 술에 취한 모습은 종적을 감추고, 지금은 날카로운 안광을 띤 한 명의 모험가였다.

분명 눈앞의 남자는 진짜 스이즈 마이란이다.

아무런 증거도 없지만, 흘러넘치는 오라를 본 나는 확신했다.

"저는 재미있는지 아닌지는 그다지 신경 쓴 적이 없네요……."

"그런가. 뭐, 삶이라는 건 사람마다 다르니까. 형씨가 어떤 신조를 가지고 있든 자기 마음이지. 나는 태어나서 지금까지 30년 이상 재미있다고 생각하는 것밖에 하지 않았고, 그렇게 제멋대로 살아왔는데도 어느새 이 나라 제일의 도적으로 칭송받게 되었으니까. 인생이란 건 잘 모르겠단 말이야."

스이즈가 내뱉듯 말했다.

에린은 이야기의 흐름을 잘 모르겠다는 듯 입을 열었다.

"그게 우리에게 심술을 부린 것과 무슨 관련이 있는데?"

"이크, 이야기가 엇나갔군. 미안미안."

스이즈는 손바닥을 들어서 두세 번 살짝 고개를 숙이며 말했다.

"재미있다고 생각하는 의뢰밖에 받지 않는다고 정하는 건 간단하지만, 의외로 그 재미있는 느낌이 드는 걸 찾는 게 어렵단 말이지. 아무래도 나는 그쪽으로는 유명해지고 말았으니까. 모두가 내게 의뢰를 낼 때, 자신의 맨얼굴을 감추고 말을 걸지. 의뢰인의 얼굴이 보이지 않는 일은 당연히 재미있지 않아."

"그래서 스이즈 마이란이라는 걸 감추고 있었다?"

"그래. 내가 주정뱅이 하급 모험가라는 걸 알면, 인간은 재미있을 만큼 본성을 드러내거든. 거기 아가씨처럼."

"윽……."

에린은 정곡을 찔린 듯 허리를 젖혔다.

인간이란 아무래도 외모로 판단하게 되는 법이라 어쩔 수 없는 일이다.

나도 《색적》이라는 외모 이외의 판단 지표를 가지고 있지 않았다면 에린과 똑같은 대응을 했을 가능성을 부정할 수 없다.

"그런 점에서 형씨는 합격이야. 너는 재미있어. 재미있는 녀석이 가져오는 일감이라는 건 대체로 재미있는 법이야. 그러니까 너희의 의뢰를 받아주지."

남자는 그렇게 말하고는 내게 물었다.

"형씨, 이름은?"

"노트 애슬론이요."

"……호오."

남자는 납득이 갔다는 듯 끄덕였다.

"뭔가 이상한 이름인가요?"

"그게 아니라, 네가 정말로 노트 애슬론인가?"

"진짜이고 뭐고 태어났을 때부터 이런 이름이었는데요. 혹시 이 이름은 아이판에서는 흔한 이름이기라도 한가요?"

"복장은 도적 같고, 기척도 그렇군……. 아마 내가 떠올린 노트 애슬론이 너인 게 틀림없겠지."

"말해두는데요. 저는 이 나라에 처음 오거든요……."

지금부터 우리는 아이판에서 소란을 일으킬 예정이지만, 지금 시점에서는 아직 아무것도 하지 않았다.

물론 스이즈 마이란을 자칭하는 이 남자와도 초대면이다. 내 이름을 아는 이유를 모르겠다.

"너, 『어라이버즈』의 노트 애슬론이겠지?"

"……그런데요."

설마 정말로 나를 알고 있을 줄이야.

놀란 표정이 드러났는지, 스이즈는 어깨를 으쓱하며 말했다.

"어째서 알고 있느냐고 말하고 싶은 표정이군."

"그런데요. 어째서 저를 알고 있는 거죠?"

"나도 명색이 도적으로 이름을 알리고 있는 몸이니까. 각국의 유명한 모험가의 정보는 당연히 머릿속에 넣어두고 있지. 안 그래?"

그렇게 되물어도, 동의할 수는 없었다.

나는 스이즈 마이란이라는 도적의 존재를 리스에게 듣기 전까지 몰랐고, 다른 유명한 모험가의 정보 같은 건 하나도 파악하지 않고 있으니까.

기본적으로 나는 던전 공략 말고는 흥미가 없고, 그에 관련이 없는 건 그다지 손대지 않는다.

왕도에서 목 베는 자 밑에 있던 일류 도적인 에이샤도 각국의 유명한 인물의 정보는 머릿속에 넣어두고 있었다.

그런 점에서 나는 아직 삼류 도적이겠지. 일반적인 도적이라면 당연히 하는 일조차도 나는 하지 않고 있으니까.

"솔직히 저는 그런 정보를 그리 잘 알지 못하는데요……."

나는 애매하게 수긍하면서 대답하기로 했다.

그나저나 『어라이버즈』의 지명도는 다른 나라에서도 통하는구나.

지금은 다른 파티에 추월당했지만, 한때는 던전 공략의 최선단을 달리던 파티다.

내부 사람이라 그 굉장함을 까먹기도 하지만, 『어라이버즈』는 우리나라에서도 최강의 일각으로 치는 모험가 파티다.

"노트 애슬론이 있다는 건, 혹시 옆에 있는 마도사 아가씨가 에린인가?"

"나도 알고 있어?"

이번에는 에린이 놀랄 차례였다.

나를 알고 있을 정도니까, 나보다 수십 배는 실력이 뛰어난 에린도 알고 있는 건 당연하겠지만 그녀에게는 그렇지도 않았던 모양이다.

"당연하지. 이자르의 칠현 선발이라면 세계적으로 봐도 일대 마술 이벤트니까. 거기서 압도적인 승리를 거뒀는데도 불구하고 칠현자를 사퇴한 마도사가 있다면 당연한 일이야."

"내 이름이 세계에……."

얼굴을 바라보니 당혹감과 부끄러움과 기쁨이 3분의 1씩 있다고 해야 할까. 에린은 뭐라 말할 수 없는 표정을 짓고 있었다.

"그래서, 그런 거물 두 사람이 나에게 어떤 의뢰를?"

나도 거물이라고 말하는 건 좀 어떤가 싶지만, 슬슬 의뢰 이야기도 꺼내고 싶었다.

갑작스러운 습격과 동료 네메가 끌려갔다는 것, 그리고 지금 시점에서 파악하고 있는 습격자의 정체에 관해 스이즈에게 이야기하기로 했다.

모든 이야기를 끝낸 뒤, 스이즈는 진지한 표정으로 고개를 끄덕이더니 입을 열었다.

"후게라……. 상당한 거물의 이름이 나왔군……."

"역시 스이즈 씨도 알고 있나요?"

"알고 자시고 녀석과는 몇 번 얼굴을 마주한 적도 있고, 의뢰를 받은 적도 있어. 꽤 예전 이야기지만. 그 녀석은 붙임성은 없지만, 가져오는 일은 재미있었지. 꽤 봐줄 만한 구석이 있는 남자야."

후게 추기경과는 이른바 적대하는 관계다.

그런 우리의 눈앞에서 그 인물을 좋게 평가하는 건 좀 어떤가 싶지만, 이게 스이즈라는 남자겠지.

그는 일관되게 재미있느냐 아니냐로 사물을 판단하는 남자 같다.

"뭐, 그것과 이건 다른 이야기겠지. 좋아. 그 의뢰 받아들이겠어. 후게가 나왔다면 상대로 부족함이 없지. 너희의 동료를 되찾는 데 힘을 빌려주겠어."

"정말인가요?"

이건 낭보다. 최강의 도적으로 이름 높은 스이즈 마이란이 아군으로 들어온다면 이보다 든든한 일은 없다.

덤으로 이쪽에는 모두가 일기당천으로 움직일 수 있는『어라이버즈』의 멤버가 있다.

아무리 국가 상대라고는 해도, 동료 한 명을 되찾는 건 그리 어렵지 않을 것이다.

내가 그렇게 견적을 내고 있는데, 스이즈가 말했다.

"그나저나 너희, 무척이나 거물에게 싸움을 거는군."

"후게 추기경이라는 사람이 그렇게 대단한가요?"

"대단하고 자시고 녀석은 교황에 뒤이은 이 나라 넘버 2의 권력자라고? 현 성녀 대행을 수중에 넣고, 이 나라 최고 권력자인 현 교황의 신뢰도 두터워. 요컨대 미래에 이 나라의 톱에 올라설 존재라는 거지."

"싸움 쪽은요?"

"과연 어떨까. 딱히 싸움에 약한 건 아니겠지만, 실력으로는 던전에 들어가는 너희의 적수가 되지는 못하지 않을까? 그 대신, 너희와 필적하는 이 나라 최강 클래스의 기사나 모험가를 몇 명씩 거느리고 있지. 그런 의미로는 상당히 버거워."

요컨대 포학 왕녀로 불리는 레이파 같은 타입이라는 건가.

레이파도 그녀 자신이 강하다기보다는 우리나라에서 최강의 신관 병사로 알려진 길베르트나 현 칠현자인 미르를 휘하에 들였기에 버거웠다.

게다가 레이파의 경우는 왕가에서 종기 취급을 받는 왕녀라는 지위였지만, 후계 추기경은 이 나라에서도 최고 클래스의 권력자다.

모을 수 있는 인원도, 그 인재의 층도 격이 다를 테니까.

이른바 레이파의 상위 호환 같은 셈이겠지.

"게다가 성녀 관련 문제는 아이판에서 여러모로 은닉해왔던 문제야. 이 나라의 일이라면 어지간한 건 알고 있다는 자신이 있지만, 성녀나 그 【성녀 권능】이라는 스킬에 관해서는 잘 몰라."

그런가? 이 나라에 들어오고 종종 성녀라는 말을 들었기에, 스이즈에게 물어보면 네메가 납치당한 이유를 알 수 있을 줄 알았지만, 아무래도 그도 파악하지 못하는 사항인 모양이다.

"일단 그 네메라는 드워프 여자가 어째서 끌려갔는지 조사하는 게 먼저겠군. 되찾는 건 그 이후에 해도 되겠지. 이야기를 들어보니, 당분간은 생명의 위기에 있지는 않을 테니까."

"방향성은 맡길게요."

까놓고 말해서, 우리는 네메를 되찾는 문제에 관해서 아무것도 모르는 거나 다름없다.

이런 상황에서 강제로 네메를 되찾는 것만이라면 가능할지도 모르지만, 그건 근본적인 해결이 되지 않겠지.

다시 덧붙이자면, 나보다 도적으로서의 경험이 훨씬 많은 스이즈의 어드바이스에 따르는 게 나아 보였다.

"그러니 너희는 당분간 대기야. 내가 정보를 조사해 조지."

"돕지 않아도 괜찮나요?"

"오히려 아무것도 안 했으면 좋겠군. 너희는 이 나라의 인간이 아니라는 게 일목요연해. 그런 녀석들이 움직이면, 후게 정도의 인간이 못 알아챌 리가 없지. 상대가 경계한다면 아무리 나라고 해도 정보를 찾기 어려워져. 알잖아?"

확실히 얼굴이 알려지지 않는 것의 중요성은 알고 있다.

이 나라의 넘버 2 정도 되는 인물이라면, 있지도 않은 죄로 우리를 범죄자로 만드는 것도 어렵지 않을 거다.

여기서는 스이즈의 말대로 얌전히 대기했다가, 찾아올 기회를 위해 힘을 비축하는 게 좋겠지.

"알겠습니다. 맡겨도 될까요?"

"그래. 나를 누구라고 생각하는 거야?"

스이즈는 도발적인 미소를 지었다.

최강의 도적으로 이름 높은 그가 하는 말이라면, 성녀의 정보에 관해서는 맡겨도 되겠지.

“그럼, 이쪽은 호텔에 있는 『어라이버즈』의 다른 멤버에게 그렇게 전달해 둘게요.”

“너무 쉬어서 여차할 때 몸이 둔해지는 일만큼은 없게 해 달라고.”

“명심할게요.”

이렇게 우리는 강력한 협력자를 얻어서 네메 탈환을 위한 준비에 착수하게 되었다.

스이즈 마이란에게 협력을 받기로 한 뒤, 나와 에린은 그대로 파티가 머무는 호텔로 돌아갔다.

이후, 그 자리에 없었던 다른 일행들에게 사정을 모두 이야기하고, 스이즈의 보고를 기다린다는 방침을 세웠다.

호텔 레스토랑에서 저녁을 먹고 방에 돌아가게 되었다.

현재 『어라이버즈』는 이 호텔에서 방 두 개를 잡고, 남자 방과 여자 방으로 나뉘었다.

여자 방에는 에린과 로즈리아와 소피, 남자 방에는 나와 포스라는 분배다.

두 명이 묵기에는 넓은 방에서, 서로 떨어진 침대 위에 올라 쉬었다.

잠들기까지는 아직 시간이 있다. 따분함을 주체하지 못했는지 에린이 초인종을 울리며 찾아왔다.

아무래도 로즈리아와 소피는 둘이서 대목욕탕에 갔는지, 혼자 지루하니까 여기에 얼굴을 내밀었다고 한다.

그 두 사람은 의외로 사이가 좋단 말이지. 파티 하우스에 있을 때도 이러니저러니 해도 둘이서 종종 외출했었고.

그런 생각을 하면서 에린을 안에 들였다.

그녀도 목욕하고 나왔는지 아주 약간 젖은 머리로 내 침대에 쓰러졌다.

물론 이 자리에는 포스도 있기에 이상한 분위기가 되지는 않았다.

드러누운 에린 옆에 앉아서, 문득 신경 쓰이던 걸 포스에게 물어보기로 했다.

"그러고 보니 네메 누나는 어떻게『어라이버즈』에 들어왔죠?"

"갑자기 왜 그래?"

처음으로 반응한 건 에린이었다.

물론 그냥 잡담인 건 아니다. 낮에 스이즈에게 들은 내용이 떠올랐기 때문이다.

―일단 그 네메라는 드워프 여자가 어째서 끌려갔는지 조사하는 게 먼저겠군.

그로부터 스이즈는 네메가 끌려간 원인을 조사하는 것부터 시작한다고 했다.

그렇다면, 예전의 네메를 아는 포스라면 그 단서를 알고 있을지도 모른다고 생각했다.

이런 생각이 떠오른 건, 포스와 에린과 셋이 있는 상황이었기 때문이다.

여기에 네메와 진이 더해지면, 내가『어라이버즈』에 들어온 무렵에 있던 멤버다.

"아니, 두 사람은 내가 모르는 시절의 네메 누나를 알고 있잖아?"

"뭐, 『어라이버즈』에 들어온 건 노트보다 먼저니까."

"일단 에린도 선배였지."

"일단이라니 뭔데, 포스! 지금도 어엿한 선배야!"

"어디가?"

이렇게 두 사람이 으르렁대는 모습도 내가 『어라이버즈』에 처음 가입했을 때는 종종 봤던 광경이다.

로즈리아라는 태풍이 나타나고 나서는 주전장이 완전히 다른 곳으로 이동해 버렸지만.

"하지만 나도 노트와는 가입한 시기가 그리 차이 나지 않으니까. 그러니까 네메의 과거도 잘 몰라."

"그런 의미로는 내가 옛날의 네메를 제일 잘 아는 셈인가? 일단 에린보다 선배니까."

"포스가 선배라……."

"너는 조금 정도는 선배를 공경하라고. 그보다 나 연상이거든? 노트는 줄곧 경어를 쓰지만, 너는 처음부터 반말이었잖냐."

"어째서 공경하지 않는 사람에게 경어를 써야 하는 건데."

"너 말이야……."

포스는 어이없다는 듯 한숨을 내쉬었다.

애초에 에린이 누구에게 경어를 쓰는 모습을 본 적이 없는 것 같은데, 여기서는 입 다물고 있자.

"네메가 들어온 건 아마 최초 무렵이지?"

"그래. 맞아. 나와 진이 『어라이버즈』를 결성하고, 다음으로 들어온 멤버였으니까."

"네메 누나가 세 번째라니 몇 번을 들어도 의외네요……."

"그런가? 처음에는 힘들었다고?"

그렇게 말한 포스가 과거를 그리워하며 시선을 위로 들었다.

"진과 함께 던전 공략을 시작한다고 정한 건 좋았지만, 처음에는 멤버가 전혀 모이지를 않아서 말이지—."

"그것도 의외네요."

"그런가? 나도 그때는 아직 이름이 알려지지 않았고, 진도 뒷세계 사람이었으니까. 일반적인 모험가라면 무명 두 명이 파티를 결성해도 동료가 금방 모이겠지만, 아무래도 던전 모험가는 높은 실력이 요구되니까. 어느 정도 지상에서 실적을 쌓지 않으면 다가오지 않아."

"그래도 포스 씨에게는 【검술·극】 스킬이 있잖아요."

"그렇게 생각하지? 실제 파티를 시작하기 전에도 그렇게 생각하기는 했는데. 권유밖에 오지 않더라. 지금 있는 파티 멤버의 보강을 위해 나나 진에게 말을 걸어오기는 했어도, 우리 파티에 들어오려는 녀석은 좀처럼 없었어."

"어째서인가요? 저라면 포스 씨가 있다는 걸 알면 금방 들어갔을 텐데."

"그건 네가 생각이 딸리기 때문이야. 기쁘기는 하지만."

포스는 떨어져서 손가락으로 찌르는 시늉을 하며 말했다.

"그야 던전 공략은 한두 명이 강하더라도, 못 써먹을 녀석이 몇 명 있으면 금방 전멸해 버리잖냐?"

"그건 그렇죠……."

"그러니까 한 명의 에이스가 있더라도 구멍이 있는 파티에는 아무도 들어오려 하지 않아. 구멍을 메우는 보강은 자주 진행하지만, 신규 파티를 만든다면 아무래도 멤버가 모이지 않아서 구멍이 생기는 일이 많지. 그러니 퓰리프 마을에서도 새로운 던전 공략 파티라는 건 좀처럼 생기지 않는 거야."

이건 파티를 창설한 적이 없다면 알 수 없는 체험일지도 모른다.

확실히 퓰리프 마을에서 새로운 던전 공략 파티가 팍팍 나오고 있느냐고 묻는다면 아니다 싶다.

재보를 목적으로 해서 던전에 들어오는 모험가는 많지만, 던전 제패를 노리고 공략을 진행하는 파티는 한정적이다.

최근 나온 유명한 곳이라면 『프린세스 나이츠』일까.

게다가 그건 예외 중의 예외인, 괴짜 왕녀가 돈으로 윽박질러서 만든 드림팀 파티다.

그렇게 생각하면 처음부터 파티를 짜서 드림팀으로 만드는 건 난이도가 상당히 높을지도 모른다.

"그때는 자주 진과 둘이서 머리를 감싸 쥐었지……. 처음에는 집도 없고, 돈도 없었으니까. 지상의 몬스터를 잡아서 생활비를 벌었어. 이래서는 평생 던전에 들어가지 못하겠다는 이야기도 자주 했었지.”

“진 씨가 하루 벌어 하루 먹고 사는 모습은 좀처럼 상상이 안 가네요…….”

그런 고생도 있어서 두 사람의 사이가 깊어진 거겠지. 『어라이버즈』 안에서도 진과 포스는 특별한 유대감으로 이어져 있다는 인상을 받았으니까.

“그런 와중, 어슬렁어슬렁 찾아온 게 네메였던 거야.”

“겨우 여기서 네메가 등장하네.”

에린은 기지개를 켜면서 침대에서 일어났다.

포스는 그런 그녀를 곁눈질하며 말을 이었다.

“말이야 이렇지만, 나도 네메의 과거에 관해서는 잘 모른단 말이지.”

“그래?”

“『어라이버즈』에 오기 전에는 퓰리프 마을의 다른 던전 공략 파티에 들어가 있었지만, 여러모로 잘 풀리지 않아서 이곳저곳을 전전하다가 『어라이버즈』에 오게 되었다는 것밖에는 몰라.”

“의외네. 네메라면 자기 과거를 나불나불 떠들 것 같은데 말이지?”

“너, 네메가 낯가림이 심한 걸 잊어버린 거냐?”

“완전히 잊어버리고 있었어…….”

“네가 왔을 때는 우리와는 어느 정도 멀쩡하게 대화할 수 있게 되었으니까 그나마 나았지만, 처음에는 정말로 처참했다고? 이건 다른 파티에서 쫓겨나는 것도 이상하지 않을 만큼 커뮤니케이션 장애라서, 이것도 둘이서 골머리를 썩이고 있었으니까. 결국 진이 떠오른 먹이로 길들이기 작전으로 어떻게든 됐지만."

진 씨. 대체 무슨 작전을 떠올린 거냐고.

그 사람, 상식인처럼 보이지만 뜬금없이 엉뚱한 짓을 하는 부분이 있었으니 말이지.

"하지만, 네메 누나도 역시 던전을 제패한다는 목적만큼은 일관적이잖아요."

"우리와 떨어지고 나서도 네메는 새로 파티를 만들어서 혼자 던전에 들어갔었으니까."

진이 죽고, 『어라이버즈』가 해산한 뒤에 네메가 신인 모험가를 이끌고 『최강무적 파티즈』라는 파티를 만들었던 것도 아직 생생한 기억이다.

파티로서의 실적이나 멤버의 실력은 『어라이버즈』에 도저히 미치지 못했지만, 그래도 퓰리프 마을에서 던전 제패라는 목표를 내세운 몇 안 되는 파티였다.

"네메가 던전에 들어가는 목적은 신을 만나기 위해서였었지?"

"자기소개에서 말했던 동기가 사실이라면, 그럴 건데요."

"그렇게까지 해서 신을 만나고 싶은 걸까? 나는 세시나

교도가 아니라서 전혀 모르겠는데."

"글쎄다. 애초에 세시나교를 믿으니까 신을 만나려는 거라면, 던전 공략 파티는 세시나 교도만 있지 않을까?"

"그것도 그러네요. 이쪽은 같은 세시나 교도인 로즈리아에게 물어보면 알 수 있을지도 모르겠지만요."

"그 여자한테 물어본다고 알 수 있을까……? 세시나교는 인생에서 한 명의 이성만을 사랑해야 한다는 가르침이 있었잖아. 멀쩡한 세시나 교도라면 파티 크래셔 같은 건 안 할 것 같은데?"

"그것도 그렇지……."

로즈리아의 과거 행동을 보고, 그녀를 경건한 신도라고 하는 사람은 한 명도 없을 거다.

그녀가 신을 만나고 싶은 기색을 한 번도 보여주지 않은 것도 그쪽과 관련이 있을지도 모른다.

그런 생각을 하는 사이, 포스가 진지한 표정으로 입을 열었다.

"애초에 네메는 세시나교를 믿고 있기는 한가?"

"……어?"

목소리를 높인 건 에린이었다. 그녀는 눈살을 찌푸리며 말했다.

"신관이고, 세시나교 추기경에게 끌려갔으니까 당연히 세시나 교도 아냐?"

"아니, 나도 그렇게 생각했었는데, 에린의 이야기를 듣고 조금 이상하다고 생각해서 말이야. 네메는 자주 농담 삼아 말하잖아? 『네메는 어른 여성이에요.』라든가 『옛날에는 남자랑 여러모로 놀았어요.』라든가."

"그 허세 부리는 거짓말 말인데……. 그게 어쨌다는 거야?"

"만약 네메가 신실한 세시나 교도라면, 그런 불경한 거짓말을 할 리가 없잖아?"

"앗……."

"확실히……."

나도 에린도 포스의 한마디에 허를 찔린 기분이었다.

혹시 우리는 뭔가 중대한 착각을 하고 있었던 걸지도 모른다. 정체 모를 위화감이 세 사람 사이에서 감돌았다.

"그래. 만약 네메가 세시나교를 믿는다면 허세를 부리는 행동 자체가 이상해. 애초에 세시나 교도라면 많은 사람을 사귀는 건 명예로운 일이 아니니까."

"잠깐 기다려. 네메가 입은 신관복은 세시나교 거잖아. 그건 어떻게 설명할 건데?"

"그건……."

에린의 반론에 나는 침묵했다.

우리가 멋대로 네메를 세시나 교도라고 판단한 요인 중 하나가 그녀의 복장이니까.

만약 네메가 다른 종교를 믿는다면, 다른 종교의 신관복을 입었을 것이다.

"아니면 그건가? 네메는 세시나교를 믿기는 하지만, 신실한 세시나 교도는 아니라는 건가?"

"잘 모르겠지만, 그렇게 되지 않을까요……."

네메의 과거를 알기 위해 대화를 나눠보려고 했는데, 오히려 수수께끼가 깊어지고 말았다.

셋이서 정보를 맞대 봤지만, 이 정도가 한계일지도 모른다.

"일단 그것도 포함해서 스이즈 씨의 정보를 기다려 볼까요."

"그럴까. 일단 지금 대화 내용은 로즈리아 쪽에도 가르쳐 주자고. 뭔가 알아채는 게 있을지도 모르니까."

"그게 좋아 보이네요."

그렇게 우리는 네메의 과거에 관한 이야기를 일단 끝냈다.

성녀 후보생, 네메 퍼진

네메 퍼진은 연금된 사렌그레 대교회의 방에서 침내에 누워있었다.

방에서 한 발짝도 나가지 못하니 할 일도 없다.

던전 공략에 전념하던 나날도 머나먼 옛날 일처럼 느껴졌다.

어째서 자신이 비스릴에 있는가? 자신이 이 도시에 돌아오는 건 던전 제패를 끝낸 뒤라고 정했음에도 불구하고.

세상은 다들 제멋대로다. 아르시아도 후게 추기경도, 신조차도.

그러나 그건 그들이 보는 자신도 똑같은 걸지도 모른다.

그렇게 그녀가 백일몽으로 보고 있는 건, 그녀가 『어라이버즈』에 오기보다 한참 전에 있었던 일.

더 자세히 말하자면, 유년기의 추억이었다.

네메가 태어난 건 비스릴의 교외에 있는 어느 빈민가였다고 한다.

예상인 이유는, 철이 들었을 무렵에는 이미 세시나교 교회에 맡겨져 있었기 때문이다.

비스릴에는 부모님을 잃거나 사정이 있어서 버려진 아이를 교회에서 거두는 시스템이 있다.

자신이 그중 어느 쪽인지는 모르겠지만, 그런 부모 없는 아이 중 하나였다.

박애주의인 세시나교의 가르침 때문에 비스릴이 어린이 구제에 힘을 들이고 있기는 하지만, 물론 그것만이 이유인 건 아니다.

아이판에서는 스킬 연구에 힘을 들이고 있으며, 증여 의식에서 원하는 스킬을 얻는 연구도 진행되고 있었다.

신이 어떤 식으로 부여하는 스킬을 정하는가?

그 수수께끼에는 세 가지 가설이 세워져 있다.

첫 번째는 사람이 태어난 시점에서 15세가 되었을 때 얻는 스킬이 이미 정해져 있다는 것.

신이 생명을 내리는 시점에서 그 인물의 스킬을 정하며, 증여 의식에서는 그게 겉으로 드러날 뿐이라는 가설이다.

두 번째는 후천적인 경험에 따라 정해진다는 것.

신이 15세까지 성장한 능력이나 얻은 적성에 따라 부여할 스킬을 정하는 게 아닌가 하는 생각이다.

그리고 세 번째 가설은 증여 의식을 받은 시점에서 완전히 랜덤으로 스킬이 정해진다는 것.

요컨대 증여 의식을 제비뽑기 같은 것으로 보는 생각이다.

마법에 박식한 사람은 마술 관련 스킬을 얻기 쉬워지거나, 세시나교를 믿는 자는 신성술계 스킬을 얻기 쉬워지는 등 현재는 스킬에 어느 정도 후천적인 요소가 관여하고 있다는 건 자명한 이치가 되었다.

그렇다고 완전히 컨트롤할 수 있느냐면 그것도 아니라서, 빗나가는 요소도 상당한 확률로 확인되어 있다.

그렇기에 지금의 아이판에서는 첫 번째 가설과 두 번째 가설의 조합이나 두 번째 가설과 세 번째 가설의 조합. 혹은 세 개의 가설을 모두 합쳐서 신이 사람에게 부여하는 스킬을 정하는 게 아닌가 하는 생각이 주류가 되었다.

그런 연구를 진행하는 의미에서도, 누구에게 어떤 스킬이 부여되는지에 대한 정보 샘플 숫자가 중요하며, 게다가 생활 환경을 파악하거나 조절할 수 있는 부모 없는 아이라는 건 매우 이용 가치가 높은 존재였다.

네메에게 할당된 것은, 그중에서도 【성녀 권능】이라는 스킬을 노려서 배출하려는 아이들의 그룹이었다.

아이판은 교황이라는 지위 말고도 성녀라는 게 있다.

교황이 나라의 톱이라면, 성녀는 이른바 나라의 상징 같은 것이다.

원래는 수백 년 전에 아이판 전역에 퍼졌던 전쟁에 한탄하며 평화로운 세상을 만들고자 활약한 한 소녀에게 유래된 것으로, 그녀 역시 【성녀 권능】이라는 스킬을 가지고 있었다고 한다.

이후, 아이판에서는 【성녀 권능】을 가진 자를 평화의 상징인 성녀로 추앙하고 있다.

물론【성녀 권능】은 레어도 EX 스킬이며, 소유자가 좀처럼 나타나지 않는다.

【성녀 권능】을 가진 자가 없는 시기에는 그 지위에 어울리는 인물을 성녀 대행으로 세워서 평화의 상징을 맡긴다.

그러나 성녀 대행은 결국 대행에 불과한지라,【성녀 권능】을 가진 진정한 성녀가 나타날 때까지의 연결고리 같은 존재다.

성녀가 있는 시대와 성녀 대행의 시대는 나라의 활기가 다른지, 아이판에서는 항상 진정한 성녀를 찾고 있었다.

네메가 있던 교회에는 100명에 가까운 아이가 모여있었다.

위로는 14세, 아래는 4~5세까지 다양한 연대의 아이가 있었고, 동갑내기 아이가 대략 열 명 정도는 있는 환경이었다.

【성녀 권능】 스킬은 여자아이에게서만 발현하고, 초대 성녀처럼 경건한 세시나교 신자가 얻는 게 아닌가 추정되고 있었다.

그에 따라 교회에 있는 아이들은 모두 여자뿐이었고, 성녀 후보생이라 불리며 모두가 경건하고 자애로 가득한 생활을 보내도록 교육받았다.

스킬을 얻기 위해 자란다고 말하면 듣기에는 안 좋지만, 내부의 생활은 그렇게 나쁘지 않았다.

기본적으로 세시나교는 박애 정신을 근거로 하고 있다.

세시나교를 따르는 성녀 후보생의 생활도 규칙은 많았지

만, 모두 불합리하지는 않았다.

양육을 맡은 수녀들도 아이들을 사랑으로 대했고, 아이들도 그런 수녀들을 사랑했다.

그리고 아이들에게 평화의 상징인 성녀는 동경하는 존재이며, 성녀가 되고자 성녀 후보생으로서 매일 정숙한 생활을 보냈다.

이 교회는 바깥과는 달리 또래 아이들에 의한 괴롭힘이나 싸움도 없다.

간식 쟁탈전도 없거니와, 장난감이 적으면 순서를 정해서 모두가 평등하게 놀 수 있게 배려한다.

게다가 모두가 양보해서, 처음에 놀 사람이 없어질 만큼 평화로웠다.

그런 가운데, 당시를 아는 사람에게 네메 퍼진이라는 소녀의 인상을 물어보면 다들 입을 모아 이렇게 말할 것이다.

—그녀는 문제아라고.

"괜찮나요? 고마운 거예요!"

어린 네메는 그렇게 말하며 옆에 앉은 아이에게서 과일이 올라간 타르트를 받았다.

식후의 간식 시간, 옆에 있는 여자아이의 접시에 남은 디저트를 보고 군침을 흘리는 걸 보고 그녀가 「그렇게 먹고 싶으면 줄까?」라며 제안한 것이다.

성녀 후보생으로서 모범적인 생활을 보내는 것을 유념하고 있는 그녀들에 있어서 배고픈 사람에게 먹을 것을 나눠주는 건 당연한 일이며, 옆에 있는 여자아이도 존경하는 성녀가 되고자 네메에게 남은 타르트를 나눠준 것이다.

반면, 네메도 간식을 나눠 받는 건 이게 처음이 아니다.

자신이 갖고 싶다는 듯 바라보면 다들 간식을 나눠준다는 걸 알고 있어서 매일매일 하는 행동이었다.

입 주변에 부스러기를 묻히면서 타르트를 먹고 있는데, 뒤에서 기척이 나타났다.

"네메~, 또 남의 간식 먹고 있어?"

황급히 돌아보자, 그곳에는 낯익은 소녀의 모습이 있었다. 네메와 동갑인 어린 시절의 아르시아다.

"안 돼요! 이 타르트는 이제 네메 거예요!"

네메는 먹다 만 타르트를 지키고자 감싸고는 입 안에 있는 것을 삼키며 말했다.

아르시아는 식욕에 물든다는, 성녀 후보생에게는 있을 수 없는 모습을 바라보면서 허리에 손을 대며 말했다.

"너 말이야! 네메의 과자를 가져가려고 하는 거 아니거든!"

"그럼 무슨 용건이죠?"

"네메가 남의 과자를 가져가지 않나 걱정돼서 보러 온 거야. 그랬더니 아니나 다를까 가져갔잖아."

"가져갔다니 남 듣기 안 좋은 거예요! 네메는 양보받았을 뿐이에요!"

네메에게 과자를 나눠준 인물은 고개를 끄덕였다.

물론 네메가 강제로 빼앗은 게 아니라는 건 아르시아도 알고 있었지만, 동시에 사람의 선의를 파고들어서 양보 받았다는 것도 알고 있었다.

바깥 세계에서는 일상다반사로 일어나는 자신의 치사한 행동도 이 교회 안에서는 좀처럼 볼 수 없으니까 눈에 띄고 만다.

"자, 네메한테 준 과자."

아르시나는 네메에게서 눈을 떼고는 조금 전 그녀에게 과자를 준 여자아이에게 자신이 빼놓은 타르트를 건네줬다.

"고마워, 아르."

타르트를 받은 여자아이가 감사의 말을 남겼다.

아르시아는 부끄러운 듯 웃었다.

"괜찮아. 신경 쓰지 마. 세시나 교도로서 당연한 일을 한 거니까."

"역시 아르는 굉장하네. 다정해서 정말로 성녀님 같아."

"나는 아직 멀었어."

아르시아는 겸허한 자세를 보였지만, 후보생을 육성하는 수녀나 또래 아이들 모두가 그녀야말로 다음 성녀로 어울린다고 생각했다.

온화한 성격에 타인을 잘 배려하고, 모두와 격의 없이 지낸다.

네메 같은 사람도 절대 저버리지 않고, 한 명의 친구로서 친교를 다지며 그녀를 위해 나쁜 짓을 하면 말린다.

그러면서도 학업이나 신성술 성적은 톱이니까, 차기 성녀로 불리는 것도 당연했다.

게다가 본인은 자신의 평가에 우쭐대지도 않으니까 불평할 여지가 없었다.

"다른 사람에게 준 거니까, 네메한테 하나 더 주는 거예요!"

그런 그녀와 친한 네메는 어떠냐면, 성녀 후보생에는 어울리지 않는 욕심을 보이고 있었다.

아무리 아르시아라도 이것에는 어이없다는 기색을 감추지 못했다.

"괜찮아? 그래서는 성녀님이 될 수 없는데?"

"알고 있는 거예요!"

"그럼 어째서—."

"네메는 성녀님이 되지 않아도 되는 거예요!"

네메는 가슴을 펴면서 입을 열었다.

"네메는 지금 생활에 만족하고 있어요! 과자를 잔뜩 먹고, 다들 다정하고, 과자도 잔뜩 나눠주니까요. 그러니까 성녀님이 될 필요는 없는 거예요!"

"그건 대부분의 이유가 과자를 먹고 싶어서라는 건데……."

조금 전 과자를 나눠준 소녀가 중얼거렸다.

그녀들이 이렇게 식사에 곤란함을 겪지 않은 것도 차기 성녀를 육성한다는 명목이 있기 때문이다.

그럼에도 불구하고 성녀를 목표로 두지 않는 성녀 후보생이 있다는 것은 문제인지라, 네메가 문제아 취급을 받는 한 요인이 되었다.

정색하는 네메에게 아르시아가 주의를 줬다.

"그런 말을 하면 안 돼."

"어째서죠?"

"수녀님한테 혼나니까."

"그건 괜찮은 거예요! 오늘 기도 시간에 이미 혼난 거예요!"

"어……."

네메의 대답을 듣자, 아르시아나 옆에 있던 소녀는 당혹스러운 모양이었다.

"네메가 필사적으로 신께 과자를 잔뜩 먹고 싶다고 기도하니까, 어째서인지 혼난 거예요!"

"기도라는 건, 모두가 평화롭게 살기를 바란다거나, 가난한 사람들이 배고프지 않았으면 좋겠다거나 그런 걸 기도하는 거지, 자신의 욕심을 위해 기도한다면 그건 혼나는 것도 당연해!"

"그런 건가요?"

수녀의 설교조차 통하지 않는 네메에게 아르시아의 설교

는 쇠귀에 경 읽기 같은 셈이었다.

이런 네메의 태도는 교회에 있는 사람이라면 모두가 알고 있다.

그래도 쫓아내거나 하지 않는 건, 이곳이 타인에 대한 자비를 추구하는 세시나교 교회이기 때문이었다.

전혀 반성하지 않는 네메를 이대로 두는 건 곤란하다고 생각한 아르시아는 주의의 방향성을 바꿨다.

"무엇보다, 그렇게 과자만 먹으면 살찔걸."

"……헉!"

네메는 그제야 깨달았다는 듯 눈을 크게 떴다.

네메에게는 성녀가 되지 못하는 것보다 살찌는 게 더 무서운 일인 모양이었다. 이런 생각을 가진 성녀 후보생은 네메 정도다.

"아니아니, 네메는 아직 젊으니까 아무리 먹어도 살찌지 않는 거예요."

"그래? 뺨 같은 부분이 다른 아이들보다 말랑말랑한 것 같은데……."

"그건 네메가 드워프이기 때문이에요! ……아마도."

그렇게 덧붙인 건, 자신의 체중이 매년 늘어나고 있기 때문이다.

성장하면서 체중이 늘어날 뿐이라고 생각하지만, 좀처럼 키가 자라지 않기에 그것도 의심스러웠다.

"아마도라고 할 바에는 남한테서 간식을 빼앗지 않으면 돼."
아르시아는 네메에게 평소 생활을 개선하라고 말했다.
그러나 이 정도로 반성한다면 네메도 문제아라 불리지 않았을 거다—.
"간식은 별도인 거예요! 간식을 잔뜩 먹는 만큼, 채소를 안 먹는 다이어트를 하는 거예요!"
반성은 고사하고 역효과라고 할 수 있는 결론을 내려버렸다.
이렇게 자신이 제멋대로 굴 수 있는 것도 이 교회가 평화로운 증거다.
어린 시절의 네메는 성녀 후보생의 생활을 행복하게 느끼고 있었다.

*

네메가 성녀 후보생으로 교회에서 보내게 된 지 어언 10년 정도.
나이도 15세가 된 네메와 아르시아는 증여 의식을 내일로 앞두고 있었다.
교회에서 성녀 후보생으로 자라는 아이 중에는 버려진 아이도 많다.
정확한 나이를 알 수도 없고, 생일이 불명확한 아이도 많기에 15세가 지나려고 하는 즈음에서 또래 아이가 일제히 증여 의식을 진행하게 된다.

그 밖에도 증여 의식을 받는 아이가 몇 명 있기에, 교회 안은 어딘가 부산한 분위기가 감돌고 있었다.

내일 증여 의식을 진행하는 성녀 후보생에게 있어서 【성녀 권능】 스킬을 받을 수 있느냐 없느냐는 인생을 좌우하는 중요한 사항이다.

지금까지 정숙한 생활을 보내온 그 모든 것은 【성녀 권능】 스킬을 입수하기 위해서다.

【성녀 권능】을 받는다면 자신의 10년 이상에 걸친 성녀 후보생 생활을 인정받게 되고, 반대로 다른 스킬을 받으면 지금까지의 노력은 보답받지 못하게 되어버린다.

또한, 연하 아이들에게도 상급생이 【성녀 권능】 스킬을 입수하느냐 마느냐는 관심이 집중되는 사항이다.

【성녀 권능】은 레어도 EX 스킬이기에 동시에 두 명 이상의 인간에게 주어지는 일은 없다.

올해 증여 의식에서 【성녀 권능】을 입수하는 사람이 나타난다면, 그 이후에 증여 의식을 받는 자는 【성녀 권능】을 받지 못하고, 성녀 후보생이라는 의의도 잃어버리게 된다.

그런 배경도 있어서 어수선해진 교회 안에서, 네메는 홀로 자기 방에서 책을 읽고 있었다.

물론 다른 아이들처럼 긴장감을 풀기 위해 독서하는 건

아니다.

원래부터 성녀가 될 생각이 없는 그녀는 다음 날에 있는 증여 의식에 대한 건 완전히 잊어버렸고, 어째서인지 낌새가 이상한 모두에게 말을 거는 것도 주저돼서 시간을 때우고 있었을 뿐이다.

교회 안은 정숙한, 성녀가 될 소녀를 육성하기 위한 시설이다.

시설 안에서 할 수 있는 오락은 한정되어 있지만, 그 몇 안 되는 오락 중 하나가 책을 읽는 것이다.

책을 읽는 게 허락되고는 있지만, 그 내용도 제한되어 있다.

당연히 세시나교의 교리에서 동떨어진 작품은 안 되지만, 네메가 읽고 있는 건 교리에 어울린다고는 할 수 없는 어른의 러브 로맨스 소설이었다.

제목이 있는 표지에서는 그런 작품이라는 걸 추측할 수 없는 걸 계산해서 수녀들의 검열을 능숙하게 피하고 받은 것이다.

“또 야한 책을 읽고 있어?”

태평하게 책을 읽고 있는데, 뒤에서 누가 말을 걸어왔다.

수녀가 온 건가 해서 황급히 책을 닫고 돌아보자, 그곳에 있던 건 아르시아였다.

“뭐야, 아르시아였나요…….”

“뭐야라니, 조금 너무하지 않아?”

"수녀님이 온 줄 알고 놀랐다는 의미였어요."

"그런 거였나……."

아르시아는 납득한 듯 끄덕였다. 네메는 그런 그녀를 올려다보면서 일어났다.

"그보다도 아르시아가 너무한 거예요. 사람을 야한 책이나 읽는 사람이라고 부르다니."

"그치만 그렇잖아? 그건 그런 책 아니야?"

"아니에요! 이건 어른의 연애 소설이에요! 남편과 권태기였던 주인공 조센느가 첫사랑 소꿉친구와 재회하면서 다시 사랑하는 소녀가 되고, 해서는 안 되는 바람을 피울 뿐인 이야기예요!"

"왜 그런 벌 받을 소설을 읽고 읽는 거야……."

세시나교를 믿는 사람에게 바람을 피우는 건 금기시되는 행위다.

그러나 네메도 한창때 나이의 여자아이고, 그런 배덕적인 연애를 동경하는 마음이 샘솟는 것도 어쩔 수 없는 일이다.

"네메도 금단의 사랑을 해보고 싶은 거예요."

물론 모범적인 성녀 후보생인 아르시아는 그런 네메의 소녀심을 이해하지 못했다.

그렇다고 덮어놓고 부정하지는 않는 것도 네메와 아르시아가 우호적인 관계를 쌓고 있는 원인 중 하나였다.

"그 책, 수녀님에게 들키지 않게 해……. 압수당한다?"

"괜찮아요! 평소에는 옆자리 아이의 침대 밑에 숨기고 있으니까 절대 안 들키는 거예요!"

"……전혀 괜찮지 않은 것 같은데?"

이미 네메는 몇 번의 전과가 있어서, 자기 침대 밑은 수녀에게 마크당하고 있다는 걸 알기에 대책을 세운 것이다.

당연히 이건 아르시아도 쓴소리를 남길 수밖에 없었다.

"평소의 소행이 그래서는 좋은 스킬을 받을 수 없어."

"네메는 성녀님의 스킬 같은 건 필요 없어요!"

"그게 아니라, 성녀님의 스킬은 물론이고 쓸모없는 스킬을 받아버릴지도? 그러면 간식을 살 돈도 들어오지 않는 거 아냐?"

"그건 걱정할 필요 없는 거예요!"

네메는 가슴을 크게 두드렸다.

"아르시아가 성녀님이 되어줄 거예요! 그러면 과자를 다 먹지 못할 만큼 받을 거예요! 네메는 그걸 받아주는 거예요!"

네메는 성녀가 될 아르시아에게 빌붙을 생각이 넘쳐났다.

그녀도 주변과 마찬가지로 아르시아가 성녀가 된다는 걸 의심하지 않는 사람 중 한 명이었다.

"우선 내가 성녀가 된다는 보장은 없고, 만약 성녀님이 되더라도 과자는 받지 않을 거야."

"또또~."

네메는 그런 일은 있을 수 없다는 듯 친구의 어깨를 두드렸다.

태평한 네메의 대답에 불안감을 느꼈는지, 아르시아가 입을 열었다.

“네메. 여기를 나온 후의 장래를 확실히 생각하고 있어?”

“바보 취급하지 말아 주세요. 제대로 생각해 놨어요!”

“그럼, 다행이네…….”

“제대로 아르시아에게 부양을 받을 생각이에요!”

“……전혀 다행이 아니었어.”

이 대답은 아르시아도 아연실색할 수밖에 없었다.

“안 돼. 자립해서 제대로 일을 해야지.”

“싫어요! 네메는 아무것도 하고 싶지 않아요! 아르시아에게 부양받을 거예요!”

“아무것도 하지 않는 건 그렇다고 치더라도, 우선 네메를 부양할지 말지는 내가 정하는 거거든?”

“네메를 버리는…… 건가요……?”

그럴 가능성은 상상도 해보지 않았다는 듯 네메의 얼굴이 새파래졌다.

“자기가 말하는 것도 그렇지만, 네메가 일을 할 수 있다고는 생각할 수 없는 거예요! 공부는 완전 못하고, 손재주도 서툴러요! 혼자 남으면 금방 죽어버려요!”

“그렇지 않아! 모험가 같은 건? 네메도 신성술 성적은 좋잖아.”

성녀 후보생이 되는 아이는 【성녀 권능】 스킬을 입수하지 않더라도 신성술 관련 스킬을 얻는 경우가 많다.

성녀가 되지 못한 성녀 후보생은 교회에 남아 수녀로 일하거나 신성술로 부상자를 치료하는 직업이 되는 진로가 대부분이었다.

네메는 코웃음을 치면서 말했다.

"모험가 같은 건 되고 싶지 않아요. 분명 피곤할 거고, 굳이 위험에 뛰어들다니 바보 같아요."

"사람들을 위해 목숨을 걸고 몬스터와 싸우는 건 굉장한 일이라고 생각하는데……."

"그렇지 않은 모험가가 더 많아요! 그야말로 던전 모험가 같은 건 어떤가요?"

이 아이판에는 없지만, 네메는 던전이라는 미개척지를 탐색하는 모험가도 있다는 이야기를 들은 적이 있다.

확실히 보물산을 찾아내면 과자를 잔뜩 먹을 수 있겠지만, 그러다 평온한 생활을 보내지 못한다면 본말전도인 것 같았다.

모험가는 네메가 절대 되고 싶지 않은 직업 랭킹에 들어가 있다.

"확실히 그런 사람들은 남을 돕기 위해 일하는 건 아닐지도 모르지만, 던전에서 가져오는 지식이나 기술이 우리의 생활에 도움이 되기도 하잖아? 나는 존경할 만한 직업이라고 생각하는데……."

"아르시아는 어려운 생각을 하는 거예요."

사람들을 위해서라고 말해도 네메에게는 와닿지 않는 이야기다.

결코 자신과는 짧은 사이가 아니니, 그녀도 그쪽은 잘 알고 있을 거다. 아르시아는 화제를 바꿨다.

"맞다. 네메를 만나러 온 용건을 까먹었었네."

"뭔가요?"

"네메. 오늘 기도는 아직 아니야?"

"어라? 수녀님이 오늘 기도 시간은 없다고 말하지 않았었나요?"

"역시 이야기를 제대로 안 들었구나."

아르시아는 어이없다는 표정을 지었다.

"오늘은 증여 의식 전날이니까 모두의 기도 시간은 없어. 그 대신, 기도실에 한 명씩 들어가서 신에게 마지막 기도를 바친대."

"그랬었나요? 가르쳐 줘서 고마운 거예요!"

네메는 이 교회에서 문제아지만, 세시나교 자체를 믿지 않는 건 아니다.

신의 존재도 믿고 있고, 기도도 진심으로 한다.

그러나 기도 내용은 모두와 달라서, 과자를 잔뜩 먹을 수 있게 되고 싶다는 등등 이상한 것이라서 수녀에게 혼날 뿐이다.

"그럼 바로 기도하러 갈게요!"

"다들 이미 기도를 끝냈을 테니까, 지금이라면 비어 있을 거야."

"역시 아르시아는 믿음직한 거예요."

네메는 감사의 말을 남기고는 기도실로 향했다.

기도실에 혼자 들어가는 건 이번이 처음이다.

평소에는 수녀나 다른 성녀 후보생이 있어서 알아채지 못했지만, 이 방에는 신기한 긴장감 같은 게 감돌고 있다.

크고 조용한 방이기도 하고, 안에 놓인 신의 조각상이 자신을 내려다보듯이 놓여있기 때문일지도 모른다.

여느 때에는 불경한 일을 하는 네메도 역시 이때만큼은 등을 쭉 뻗고 침을 삼켰다.

일단 조각상 앞으로 가서 기도 자세를 했다.

「오늘도 내일도 과자를 잔뜩 먹을 수 있기를」평소처럼 기도를 끝내려다가, 문득 손이 멈췄다.

떠오르는 건 아르시아의 말이었다.

자신은 완전히 까먹고 있었지만, 오늘은 증여 의식 전날이라고 한다.

내일 증여 의식이 있다는 건, 네메의 성녀 후보생 생활도 오늘로 마지막이 되어버린다.

성녀가 되지 못한 성녀 후보생은 졸업이라는 형태가 되고, 본격적으로 교회를 떠나야 한다.

그대로 교회에 들어가서 육성 수녀가 되는 후보생도 있지만, 문제아 취급을 받는 자신에게는 어렵다는 것도 알고 있었다.

"이제 이 생활도 끝인 거예요……."

돌이켜 보면, 이곳의 생활은 즐겁기만 했다.

아르시아를 포함한 친구들은 다들 다정했다. 못난 네메를 버리지 않고 다른 사람들과 마찬가지로 변함없이 대해주었다.

수녀는 네메를 자주 혼냈지만, 그것도 네메를 생각해서 하는 일이라는 걸 알고 있었다. 혼낸 뒤에는 금방 네메를 따스하게 안아주었다.

맛있는 밥도 잔뜩 나왔고, 책도 잔뜩 사 줬다.

바깥 세계는 잘 모르지만, 분명 천국이라는 곳이 있다면 이런 곳일 거다.

다들 필사적으로 세상의 평화 같은 걸 기원하고 있지만, 네메는 이 생활이 이어지기만 해도 충분했다.

그러나 이런 생활도 내일로 끝이다. 어리광을 부려도 변하지 않는다는 건 알고 있다.

그렇기에, 네메의 가슴속을 차지하는 건 감사의 마음이었다.

자신을 길러준 수녀, 이 교회를 운영하는 신부님. 네메에게 여러 가지를 가르쳐 준 선배, 이런 네메라도 잘 따라주던

후배, 그리고 친하게 지내준 또래 친구.

그중에서도 네메가 가장 감사하고 있는 건 아르시아였다.

교회에 와서 모두와 잘 녹아들지 못하던 네메에게 처음으로 말을 걸어준 게 아르시아다.

그로부터 자연스레 이야기를 나누게 되었고, 어느새 제일 친해졌다.

아르시아는 교회에 있는 모두에게 사랑받았다.

그럼에도 불구하고 문제아인 자신을 제일 신경 써준 것은, 그녀가 다정하기 때문이다.

네메를 위해 많은 주의를 줬고, 그러면서도 수녀에게 혼나지 않게 감싸준 것도 셀 수 없을 정도다.

네메는 그런 아르시아를 좋아했다.

아르시아가 성녀님이 되기 위해 노력하고 있다는 건 그녀를 곁에서 지켜보던 자신이 가장 잘 알고 있다.

아르시아는 성녀님을 동경해서 그걸 위한 노력을 아끼지 않았다.

그녀는 처음부터 공부나 신성술 성적이 톱이었던 게 아니다. 중간에서 조금 위 정도였다.

그저 성녀님이 되고자 수녀나 선배들에게 모르는 부분을 질문하고, 때로는 수면 시간을 줄이며 노력했다.

네메는 그런 친구를 존경했고, 그 노력이 보답 받았으면 좋겠다고 생각했다.

그래서 자신의 과자를 먹고 싶다는 욕망 대신, 오늘 정도는 다른 걸 신에게 기도하기로 했다.

"신이시여, 부디 부탁합니다. 아르시아를 성녀님으로 해주시는 거예요."

그건 성녀님이 된 아르시아에게 과자를 받고 싶은 게 아니라, 진심 어린 순수한 소원이었다.

"아르시아의 노력을 봐왔어요. 굉장히 노력했어요."

양손을 굳게 움켜쥐고 기도를 이어갔다.

"분명 신께서도 보셨을 거예요. 그러니까 아르시아에게 성녀님의 스킬을 주시는 거예요."

이 기도가 이루어지지 않는다는 건, 삶의 주인인 네메가 제일 잘 알고 있었다.

무슨 착오인지, 【성녀 권능】 스킬을 받은 건 자신이었다.

그저 아르시아에게 성녀님의 스킬이 주어지지 않았을 뿐이었다면 운이 나빴다고 납득할 수 있었을지도 모른다.

그러나 【성녀 권능】을 받은 건, 교회에서 제일가는 문제아였던 네메다.

증여 의식이 끝나고 나서는 아르시아와 대화도 나누지 못했다.

어째서 자신이냐는 쇼크로 가득했고, 아르시아에게 뭐라

말해야 좋을지도 알 수 없었다.

아르시아도 자신의 마음을 정리하지 못했는지, 성녀가 되는 게 정해진 네메를 멀리서 차가운 시선으로 바라보고 있을 뿐이었다.

그렇게 네메는 모든 걸 깨달았다.

신은 이 세상에 있다. 그러나 그건 교회 사람들이 생각하는 다정한 신이 아니라, 굉장히 심술궂은 신이다.

네메는 그런 존재에게 분노를 느꼈고, 무엇보다 제일가는 친구를 상처 입힌 신을 용서할 수 없다는 마음으로 가득 찼다.

【성녀 권능】 같은 스킬을 손에 넣었지만, 신은 자신에게 계시 같은 걸 내려주지 않았다.

그렇다면 직접 불평하러 갈 수밖에 없다.

거기서 떠오른 건, 최심부에 도착하면 신을 만날 수 있을지도 모른다는 던전의 존재였다.

가만히 있을 수 없었던 네메는 성녀가 되는 걸 포기하고 아이판에서 도망치기로 했다.

그렇게 퓰리프 마을에 도착하여 『어라이버즈』의 모두와 만났다.

낯선 토지에 가서, 폐쇄적인 교회와는 달리 사람과의 커뮤니케이션도 어려운 와중에도 필사적으로 노력해 온 건, 신을 만난다는 자신의 목적을 달성하기 위해서였다.

세시나교를 믿으니까 신을 만나고 싶은 게 아니다. 그저 항의하고 싶었다.

어째서 네메에게 【성녀 권능】을 내린 것인가. 어째서 아르시아에게 내리지 않았는가.

그리고 이룰 수 있다면, 자신의 스킬을 아르시아에게 양도하고 싶었다.

스킬을 내린 신이라면, 타인에게 옮기는 정도는 간단할 터이다. 못한다고 하지는 못하게 할 것이다.

네메가 던전 제패를 바라는 원동력은 오직 그것뿐이었다.

전격 작전

"—그렇게 된 거지."

도적 스이즈로부터 성녀 후보생에 얽힌 정보를 듣자, 호텔 방에 모인 우리 『어라이버즈』 멤버는 말문을 잃었다.

아이판국이 주도해서 부모 없는 아이들을 써서 원하는 스킬을 가진 인간을 만들어 내려고 했다는 것도 놀라웠고, 네메가 그렇게 자란 아이였다는 것도 놀라웠다.

다른 곳에서 온 우리에게는 이질적으로 보이는 구조라도, 이 나라에서는 윤리상 문제가 되지 않는 모양이다.

확실히 부모를 잃은 아이를 구제하는 시스템이 있는 나라가 적고, 이 구조로 도움을 받는 아이가 많이 있겠지만, 그래도 감정적으로는 좀처럼 납득하기 힘든 게 사실이다.

뭐, 현재는 네메가 【성녀 권능】을 입수했기에 성녀 후보생 구조 자체가 없어졌다.

그저 부모를 잃은 아이를 육성하는 교회만 남아있으니, 그런 문제는 해소된 걸지도 모른다.

하지만 스이즈의 정보에 따르면, 네메는 성녀가 되는 걸 거부하고 교회에서 빠져나왔다고 한다.

그리고 퓰리프 마을에 도착해서 던전 탐색에 나서게 되었다.

개인적인 이유까지는 아무리 스이즈라도 조사하지 못했다.

그러나 교회 안에서 계속 자랐던 소녀가 어른들에게서 도망쳐서 모르는 토지에 와서 생활하는 건 어지간한 결의로 가능한 일은 아니었을 것이다.

게다가 여기에 있는 모두는 네메가 던전 제패에 보이는 열의를 안다.

『어라이버즈』가 해산했을 때도 네메만큼은 던전 제패의 꿈을 포기하지 않았다.

실현 가능한 방법이라고는 도저히 말할 수 없었지만, 그래도 직접 새로운 동료를 모아서 던전 탐색에 나섰다.

그건 집념이라고 할 수 있는 열의다.

무엇이 그녀를 그렇게까지 움직이게 하는지는 모르겠지만, 네메의 결의를 방해하는 후계 추기경과 지금의 성녀 대행인 아르시아라는 인물에게 분노를 느꼈다.

"……감사합니다. 그나저나 단시간에 용케 이 정도의 정보를 모으셨네요."

"그건 나를 얕보면 곤란하지."

"그런 정보를 어떻게 모으신 거죠?"

"기업 비밀이라고 해둘까."

스이즈는 장난스러운 표정으로 검지를 세우고는, 다음 순이 되자 진지한 표정을 지었다.

"그리고, 여기서부터가 중요한 이야기야."

"지금까지도 충분히 중요했다고 생각하는데요……."

"그 이상이라는 거지. 즉, 네메 퍼진 탈환 작전에 대한 이야기야."

그 말을 듣자 『어라이버즈』의 모두도 긴장감을 느꼈다.

겨우 네메를 되찾기 위해 움직일 수 있겠다는 기대감도 솟구쳤다.

"그 이야기에 관해서 한 가지 고려해야만 하는 게 있어. 성녀 대행 아르시아의 스킬에 대한 거다."

"스킬?"

그렇게 유능한 스킬인가? 그야말로 에린이나 포스처럼?

"그녀는 【초원시】라는 스킬을 보유하고 있어. 【원시】의 상위 호환 스킬이지."

스이즈가 말하고자 하는 바를 잘 모르겠다. 그 스킬의 뭐가 문제인 걸까?

나나 에린이 고개를 가웃하자, 스이즈가 말을 이었다.

"효과 자체는 그저 먼 곳을 내다보는 것이지만. 이 스킬 때문에 너희의 움직임은 항상 파악당하고 있다고 생각하는 게 좋아."

"어?!"

놀란 소리를 내지른 건 에린과 로즈리아였다. 목소리를 내지 않은 다른 이들도 경악한 건 변함이 없다.

"아무래도 그 스킬을 써서 너희의 행동을 퓰리프 마을에 있을 때부터 항상 마크하고 있었던 모양이더라고?"

"어쩐지……."

포스가 짐작이 간다는 듯 고개를 끄덕였다.

기척을 탐지할 수 있는 내가 던전에 있을 때 습격한 것도 그런 트릭이 있었기 때문이리라.

습격의 기척을 사전에 알아채지 못했던 것도, 《색적》의 범위 밖에서 우리를 관측하고 있었기 때문일지도 모른다.

"『어라이버즈』가 스이즈 마이란에게 접촉했던 것도 들킨 셈이지. 이렇게 호텔 방에서 작전 회의를 하는 것도."

"정말로?!"

에린이 주변을 돌아보려 하자, 스이즈는 그걸 손으로 제지했다.

"이크, 저쪽에 들킬 만한 움직임은 보이지 말라고. 【초원시】의 존재를 이쪽이 알아챘다는 걸 전제로 움직이고 있다는 걸 아직 들키고 싶지 않아."

"하긴……."

에린은 납득했는지 스이즈에게 시선을 돌렸다.

"【초원시】라고 해도 먼 곳을 내다볼 뿐이야. 목소리나 대화 내용까지는 알 수 없지. 그러니 이 작전 회의 내용도 입으로 말하는 건 들킬 일이 없어. 그러니까 안심해."

불행 중 다행이라고 해야 할까. 이쪽이 네메를 되찾으러 왔다는 게 들켰다는 건 상당히 곤란한 상황이지만, 작전 애용까지 들켰다면 후게 일파에게 대적할 수도 없게 된다.

"근데, 어쩔 거야? 상대는 우리가 네메를 되찾으러 왔다는 걸 알고 있잖아? 경호가 강화되면 아무리 우리라도 힘들지 않아?"

에린의 지적도 지당하다.

상대는 나라의 톱에 가까운 존재. 정면충돌은 피하고 싶다.

공격한다면 기습밖에 없다. 그러나 상대에게는 그 기습이 통하지 않는다.

어떻게 해야 할지 고민하고 있는데 스이즈가 말했다.

"하지만 이 상황도 나쁘기만 한 건 아니야. 반대로 생각해 보라고? 아르시아가 항상 이쪽의 동향을 파악하고 있다는 건, 저쪽도 이쪽이 아직 아무런 준비도 끝내지 못했다는 걸 안다는 거야. 당연히 아직 경호도 만전으로 세워두지 않은 상태지."

"과연."

상대가 아무리 나라의 넘버 2인 추기경이라고 해도, 네메의 경호를 항상 최대한으로 유지하는 건 어렵다.

사람을 고용하는 건 돈이 들고, 사병 전원을 경호에 전념하게 하면 다른 일이 소홀해진다.

하물며【초원시】로 적의 동향을 알 방법이 있다면, 우리가 움직이려 하는 시점에서 경비를 증강하기만 해도 충분하다.

실제로《색적》으로 사렌그레 대교회를 탐색해 보니, 네메 주변에는 특별히 엄중 태세가 깔려있지 않다는 걸 알 수 있었다.

“그럼 서둘러 공격하는 게 좋다는 거네.”

에린이 입을 열자, 스이즈가 수긍했다.

“아가씨의 말대로야. 덧붙이자면 지금 당장.”

“지금 말인가요?”

로즈리아가 목소리를 높이는 것도 무리는 아니다. 설마 지금 당장 작전을 결행하려고 하다니.

“설마 하는 표정이로군. 그 설마야. 상대도 똑같은 생각을 하고 있을 테니까, 그 빈틈을 찌르는 거지.”

“하지만 준비가 전혀 안 되어 있는데요.”

“그건 저쪽도 똑같아. 이쪽이 움직일 준비를 보인다면 그 시점에서 싸움은 시작된 거지. 그리고 저쪽은 지금 이렇게 작전 회의를 하고 있다는 걸 안다. 그렇다면 다음 날이면 경비 인원을 늘리겠지.”

“최대의 기회는 오늘밖에 없다는 건가요.”

“그런 거지.”

그것밖에 없나? 무계획 상태로 네메를 되찾으러 가는 건 불안감이 들지만, 잘 생각해 보면 『어라이버즈』가 그때그때 임기응변으로 싸우는 건 언제나 있는 일이다.

던전 공략은 미지와의 싸움이다. 도저히 사전 준비가 되지 않을 때도 있고, 그런 벽에 맞닥뜨린 『어라이버즈』는 가진 힘만으로 뚫고 나왔다.

굳이 따지자면, 나는 용의주도하게 계획을 진행하여 문제를 해결하려는 사람이니까 걱정스럽게 생각하는 거겠지.

시간은 항상 흐른다. 손가락을 물고 있는 사이 사태가 악화되기도 한다.

세상에는 결단하지 않는 것도 때로는 결단이 되어버리는 경우도 있다는 걸 알고 있다.

"알겠습니다. 지금 당장 하죠."

"역시 노트 애슬론이야. 그렇게 나와야지."

스이즈가 손뼉을 치며 말했다.

"다행히 이쪽에는【지도화】스킬이 있어. 대교회의 지형은 전부 알고 있는 상태야. 비밀 통로 같은 것도 파악할 수 있지?"

"뭐, 몇 군데는……."

비스릴은 일찍이 아이판의 영웅 포쥬 마르타이오스가 산지를 요새화한 도시다.

가뜩이나 길이 복잡하고, 이곳저곳에 동굴이나 지하도가 있다.

그중에는 몇 번의 도시 증축으로 의해 사용되지 않는 길도 많이 있었다.

"네메가 있는 곳에 도착하는 것만이라면 그렇게 어렵지는 않겠지만,【초원시】를 어떻게 하지 않으면 어찌할 수가 없어요. 잠입 경로도 들켜버리니까."

"그건 문제없어.【초원시】도 만능의 스킬인 건 아니야."

그리고 스이즈는 아르시아의 스킬에 관해 알게 된 것을 이야기했다.

"우선 【초원시】로 볼 수 있는 건 한 지점뿐이야. 요컨대 두 패로 갈라지면 어느 한쪽밖에 볼 수 없게 돼. 아마 아르시아는 잠입 행동에 뛰어난 노트를 마크하고 있겠지."

"그동안 다른 사람들은 【초원시】의 감시를 받지 않는다?"

"그런 뜻이야. 게다가 【초원시】는 장소를 지정하는, 혹은 자신의 의지로 시야를 움직여서 먼 곳을 볼 수 있는 스킬이야. 마크라고 해도 자동적으로 추적하는 게 아니야."

"그렇다면 마크를 뿌리치는 것도 가능하다는 건가요?"

"뿌리친다는 건 스피드를 말하는 건가? 뭐, 【초원시】의 시야를 움직이는 속도보다 빠르게 움직인다면 그것도 불가능하지는 않겠지. 그래도 가장 간단한 건 투명해지는 거겠지만."

그렇게 말한 스이즈가 에린에게 시선을 돌렸다.

"거기 마도사 씨. 투명화 마법은?"

"못 쓰지는 않아."

에린은 마법 도시 이자르의 수업에서 다종다양한 마법을 익혔다.

던전 공략에는 그다지 쓰지 않을 투명화 마법도 어느새 습득한 모양이었다.

"투명화가 유효하다는 건, 《은밀》 같은 것도 쓸 수 있겠네요."

목 베는 자처럼 완전히 사라지는 것처럼 기척을 없앨 수는 없지만, 보이기 힘들게 하는 정도는 나라도 가능하다.

거기에 최속의 스피드를 내는 아츠 《절영》을 중첩하면 원시를 떨쳐내는 것도 가능할 거다.

"잠깐 기다려."

고민에 잠긴 와중, 입을 연 건 에린이었다.

"투명화 마법보다 【초원시】를 더 간단히 뿌리칠 수 있는 마법이 있어."

"무슨 마법?"

"노트도 본 적 있지 않아? 【초원시】는 자기 시야를 움직여서 원시한다면서? 그렇다면, 워프하면 되지 않아?"

"워프라니—."

"《전이문(게이트)》으로 순간 이동하면 문제없지 않을까?"

《전이문》은 칠현 선발 때 공간 마법의 사용자였던 에스카 번아웃이 사용하던 스펠이다.

두 개의 《전이문》을 공간적으로 연결하는 고위 공간 마법.

에린은 에스카와의 싸움에서 더 고위의 공간 마법, 《전송 영역》을 복사하여 승리를 거뒀다.

그 과정에서 《전이문》도 습득한 모양이었다.

어쩜 이리도 무서운 마도사일까. 역시 현『어라이버즈』의 에이스를 주장할 만큼의 실력자다.

"《전송 영역》과는 달리 《전이문》은 인간도 날릴 수 있으니까. 전투에서는 쓸 상황이 그다지 없지만, 이런 상황이라면 유용한 스펠이 아닐까?"

"에린!"

이건 에린의 《전이문》을 베이스로 써서 네메 탈환 작전을 세우는 게 좋을지도 모른다.

우리는 한정된 시간 안에 작전을 세우고, 그걸 실행하게 되었다.

최강의 도적

우리는 네메 탈환을 위해 세 패로 갈라지게 되었다.

우선 나와 스이즈의 잠입조다.

우리 두 사람이 할 일은 지극히 단순. 지하도를 통해 교회에 침입해서 네메를 되찾는 것이다.

우리 두 사람은 도적이라는 배틀 스타일이라 기동력 있는 은밀 행동이 특기다.

교회 안에서 사람들에게 들키지 않고 네메에게 도달하려면 전력을 줄여서라도 둘이서 잠입하는 게 좋았다.

잠입 자체는 노력하면 어떻게든 되지만, 문제는 네메에게 도달한 뒤 돌아가는 길이다.

침입할 때 《절영》으로 【초원시】의 시야를 뿌리치더라도, 네메가 있는 지점으로 시야를 둔다면 우리의 존재는 들켜버린다.

거기서 네메를 업고 돌아와야 하기에, 돌아가는 길은 왔던 길보다 스피드를 내지 못해서 【초원시】에 포착될 가능성도 있었다.

거기서 활약하는 것이 에린과 포스의 《전이문》조다.

에린과 포스는 우리가 호텔을 나온 뒤, 곧바로 방의 짐을 정리하고 그대로 투명화 마법을 걸어서 【초원시】가 닿지 않는 도시 밖으로 나간다.

거기서 《전이문》을 기동. 다른 한쪽 《전이문》은 내 장갑에 함정 마법으로 준비해 놓고, 《전이문》을 기동하여 도시 바깥까지 워프하는 거다.

나머지 로즈리아와 소피는 교란 담당이다.

솔직히 나와 스이즈에게 적의 의식이 모두 집중되어 버리면 움직이기 꽤 어려워진다.

거기서 두 사람이 적의 주의를 끌기 위해 적당히 교회 쪽을 어지럽히기로 했다.

교란 담당으로 두 사람을 배치한 만큼, 돌아가는 길에 두 사람과 합류해서 《전이문》으로 탈출해야만 하기에 리스크는 높아진다.

그러나 《색적》으로 위치를 항상 파악하고 있으면 합류하는 게 그리 어렵지는 않을 테니까, 리스크와 리턴을 고려한 결과가 이 배치다.

포스는 후계 추기경에게 복수전을 벌이기를 바라고 있는 모양이지만, 직접 전투는 최대한 피한다는 이번 작전의 콘셉트상 《전이문》조로 대기하게 되었다.

아무래도 신관 중에서는 저주를 강화하는 스펠을 쓰는 사람도 있는 모양이라, 요도 연옥밖에 쓰지 못하는 지금의 포스와는 상성이 꽤 안 좋은 상대다.

복수전을 하지 못하게 되었다며 침울해졌지만, 여차할 때 에린의 경호를 맡는 것도 중요한 역할이니 참아달라고 했다.

"자, 장갑."

에린이 함정 마법이 걸린 장갑을 건네줬다.

아무리 아르시아에게 우리가 준비하는 모습을 보이고 싶지 않다고는 하지만, 최소한의 준비는 필요하다. 그 최소한의 준비에는 장갑에 함정 마법을 부여하는 게 포함되어 있다.

다른 모두에게는 평소 밤과 똑같이 보내달라고 했고, 스이즈는 밖으로 나가서 교회 침입 포인트 근처에 대기해 달라고 했다.

요컨대, 현재는 나와 에린의 준비를 기다리는 상황이다.

"이번 상대는 사람이니까, 평소와는 마법 배리에이션을 바꿨어."

"배려해 준 거구나."

"평소처럼 위력에 죄다 쏟아부으면 사람이 죽어버릴걸?"

"그것도 그런가."

던전 공략에서는 방어력 높은 적에게 유효타를 가하기 위해 위력 중시의 마법을 세팅했지만, 이번에는 에린이 대인전용으로 골라준 술식을 넣은 것 같다.

그렇지만 하나는 《전이문》을 넣어서 사용하기 때문에, 다른 마법은 사용법을 들어야 한다.

"오른 손바닥에 세팅한 건—."

장갑에 담긴 마법이 뭔지 에린에게 얼추 설명을 듣고 나서, 장갑을 받으며 감사의 말을 남겼다.

"고마워."

"언제나 하는 일이잖아."

"평소부터 고맙다는 뜻이야."

"굳이 감사의 말 같은 거 안 해도 괜찮아. 그 대신 네메를 확실하게 되찾아 와야 해."

"그야말로 말할 것도 없어."

에린에게 농담을 던지고는 장갑을 주머니에 넣으며 방을 나갔다.

*

"기다리셨죠?"

약속 장소인 어슴푸레한 뒷골목에서 스이즈와 합류하자, 그 이후부터는 빨랐다.

"준비는 다 끝났나?"

"네."

장갑을 끼고, 임전 태세를 다졌다.

여기서부터는 시간과의 싸움이다. 이미 에린 쪽도 움직이기 시작했을 무렵이다.

"그럼, 갈까요."

지하도를 선도하는 건 【지도화】로 진로를 아는 나의 역할이다.

하수로로 내려가서 그곳에서 옆길로 빠져 지하도로 들어갔다.

지하도는 어둡고 복잡한 구조지만, 인적은 전혀 없다.

이곳은 안심하고 지날 수 있는 곳이니 최속으로 나아가기로 했다.

"그나저나 【지도화】라는 건 편리한 스킬이군."

달려가면서 입을 연 건 스이즈였다.

"그런가요?"

"아니, 그렇잖아. 교회에 침입한다면 보통 침입 경로 같은 걸 여러모로 고민해야만 하는데, 그걸 한 방에 도출할 수 있으니까."

"그것만이라면 2슬롯인 【지도(에이리어 맵)】라도 가능해요."

"그렇더라도 말이지. 게다가—."

그렇게 말한 스이즈는 오른손에 들고 있던 랜턴을 대신하는 마도구를 높이 올렸다.

"이런 어둠 속을, 조명도 쓰지 않고 나아가니 말이지. 그것도 【지도화】 스킬 덕분이겠지?"

"뭐, 그렇죠. 지형을 아니까 시야가 없어도 나아갈 수 있어요."

"그건 【지도화】를 가진 녀석이라면 모두가 할 수 있는 건가?"

"잘 모르겠지만, 익숙해지면 할 수 있게 되지 않을까요?"

다른【지도화】보유자는『미궁기사단』의 쿨리 정도밖에 모르니까 뭐라 말할 수 없지만, 그 쿨리는 나보다【지도화】를 몇 배나 유효하게 활용하고 있었다.

그 천재라면 이 정도는 간단히 해낼 거고, 이 정도의 일은 특별히 굉장한 것도 아니다.

"혹시 내가 불을 들지 않았다면, 이 어둠이면 아르시아의【초원시】에서도 간단히 벗어날 수 있지 않았을까?"

"그럴지도 모르지만, 혼자서 적의 본거지로 들어가는 건 피하고 싶으니까 스이즈 씨가 따라와 주시지 않았다면 곤란했을 거예요."

지하도는 사렌그레 대교회까지 이어져 있지만, 네메가 갇혀 있는 비밀 성당까지 이어진 건 아니다.

한 번은 교회 부지로 나가야만 하고, 거기서 성당 본당으로 들어가서 비밀 통로를 경유해 비밀 성당으로 갈 예정이었다.

"본당 앞에는 문지기가 있는 모양이니까요. 그쪽은 맡길게요."

"그런 소리를 해도, 너 혼자서 어떻게든 할 수 있지 않나?"

"아니, 무리거든요."

나의 주요 공격 수단은《마법 장저》이기에 잔탄이 한정되어 있다.

던전 모험가치고는 드문, 지속 전투가 거북한 전투 스타일이다. 수많은 문지기와 싸우는 건 피하고 싶었다.

같은 도적으로 따지면, 마법 사용(스펠 캐스트)계 도적인 에이샤 같은 부류일까?

그녀에게 전투 기술의 대부분을 훔쳐 배웠기에, 비슷해지는 건 당연할지도 모른다.

"슬슬 도착해요."

한동안 나아가자, 사렌그레 대교회 부재 바로 아래에 도착했다.

"여기인가."

위쪽에는 커다란 구멍이 있고, 그곳을 오르면 정원 분수가 최종적으로 흐르는 하수도로 이어진다.

"그럼, 잠깐 가볼까."

스이즈는 눈이 휘둥그레지는 도약을 보여주고는 거기서 능불 바도구를 한 손에 들고 《등반(클라임)》으로 구멍을 올라갔다.

나도 뒤처지지 않게 《등반》을 써서 벽을 타고 구멍을 올랐다.

"자, 그럼. 나도 슬슬 활약해야겠지."

하수도에 올라선 스이즈는 스트레칭을 시작했다.

여기서부터는 적이 기다리는 상태다.

지하도에는 두 명 모두 【초원시】를 뿌리칠 작전으로 나아갔기 때문에 우리의 정확한 위치까지는 들키지 않았겠지만, 경비병 등과의 교전은 피할 수 없다.

"그럼, 먼저 가겠어."

위가 뚫린 곳까지 나아가자, 이번에도 스이즈가 도약했다.

이번에는 지하도 벽 가장자리에 착지한다 싶은 순간, 몸을 공중에서 방향 전환. 그대로 빛처럼 바깥으로 뛰쳐나갔다.

"—빨라!"

이 스피드는 뭐지? 모종의 아츠인가?

《절영》 상태의 진과 동등하거나 그 이상의 속도 아닐까? 역시 최강의 도적이라고 해야 할까.

"《절영》."

그저 달리기만 하는데도 뒤처지고 있다. 그렇게 생각해서 나도 아츠를 발동해서 쫓아가기로 했다.

내가 밖으로 나오자, 그곳에는 쓰러진 세 명의 병사가 있었다.

"어—?!"

달빛도 없는 밤의 어둠 속, 정원 안을 빛이 내달리고 있다.

저건 단순한 빛이 아니다. 도적 스이즈 마이란이다.

"이게 《순광(瞬光)》이다. —이렇게 말해도, 이제는 들리지 않나."

직선적인 빛은 순식간에 병사들에게 내달렸고, 꺾이는 순간 그 자리에 있던 병사가 무너졌다.

빛은 그대로 지그재그 궤적을 그리며 병사들을 차례차례 기절시켰다.

"직선적인 궤도로 좁힌 가속계 아츠라는 건가……."

《절영》처럼 유동적인 궤도로 움직이는 아츠는 아닌 것 같지만, 그만큼 직선에 한정한다면 스이즈가 쓰는 《순광》이 더 빨라 보인다.

눈으로 따라갈 수 없는 속도로 나아가서 공격이나 방향 전환을 하다가 갑자기 시야에 나타났다.

그 광경은 빛이 점멸하며 나아가는 것 같아서, 《순광》이라는 이름도 납득이 갔다.

"자, 《자루 치기(노크)》다."

게다가, 스이즈는 《순광》으로 나아가면서 대거 자루로 병사의 턱을 두들겨 확실하게 기절시키고 있었다.

《순광》의 속도가 대거에 실린다면 턱뼈까지 부서질 것 같다.

그걸 절묘한 힘 조절로 기절에 그치고 있다. 예술 같은 수완이라 넋을 잃을 것 같다.

"나도 할 수 있을까?"

허리에 찬 대거를 뽑아서 자루를 바라봤지만, 나의 대거 다루는 법이 도적 중에서는 허접한 부류라는 건 자각하고 있다.

여기서 괜한 변화를 줘서 하지도 못하는 일에 도전했다가 실패하면 눈 뜨고 봐줄 수 없을 거다.

"《장저(샷)》!"

덤벼드는 병사에게 절영으로 다가가서 그대로 익숙한 아

츠를 꽂아 넣었다.

스이즈를 흉내 내서 턱을 가격해 봤는데, 힘 조절은 이 정도면 되려나?

"윽—."

병사가 손에 든 창을 지면에 꽂고는 등을 젖히며 쓰러지려다가 버텨냈다.

아차. 힘을 너무 뺐나.

"한 방 더!"

다행히 병사는 첫 번째 《장저》를 맞고 빈틈을 보였기에 두 방째를 꽂아 넣는 건 간단했다.

이번에는 성공해서, 병사는 기절하며 쓰러졌다.

"조금 다칠 정도로 하는 게 딱 좋은 건가?"

사람이 고생하는 사이에도 스이즈는 세 명을 쓰러뜨렸다.

정말 빠르다. 이거, 내가 전력이 되기는 하는 건가?

걱정되기는 했지만, 천천히 생각에 잠길 여유는 없다.

이렇게나 대대적으로 소동을 일으키면 다른 병사도 차례차례 달려올 거고, 아마 후게 추기경이 고용했을 정예들이 다가오는 기척도 났다.

게다가 스이즈는 꽤 앞쪽을 나아가고 있다. 여기서 그와 떨어지면 나는 적에게 포위당한다.

"조금 기다려 주실래요……."

투덜대면서 가까이 온 병사에게 《장저》 한 방을 먹였다.

이번에는 무언가가 깨지는 감촉이 손바닥에 났다. 조금 지나쳤을지도 모른다.

뭐, 죽을 만한 부상은 아니고, 여기에는 신관도 잔뜩 있다. 금방 회복할 테니 이 정도는 문제없겠지.

"《장저》!"

세 번째 병사에게 먹인 《장저》로 절묘한 힘 조절을 이해했다.

이 정도 강도로 쓰면 사람을 기절시킬 수 있는 건가. 좋은 걸 배웠다.

그대로 한 명, 두 명에게 《장저》를 꽂아 넣어서 상대가 기절한 걸 확인했다.

"이봐, 도착했어."

어느새 스이즈가 네메가 있는 비밀 성당 문 중 하나에 도착했다.

내가 《장저》의 힘 조절에 조금 의식을 두고 있는 사이 대체 얼마나 많은 병사를 쓰러뜨린 걸까…….

서둘러 스이즈에게 향하자, 그는 태연하게 문의 잠금을 《자물쇠 따기》로 열어버렸다.

"뭔가 시시할 만큼 맥 빠지는 느낌으로 진행되는군."

"저는 이대로 아무 일도 일어나지 않는 게 기쁜데 말이죠."

스이즈가 문을 열자, 그곳에는 습격을 알아챈 병사들이 달려오고 있었다.

"보세요. 불길한 소리를 하니까 이렇게 되잖아요."

"우리라면 딱히 이 정도의 상대는 별것 아니잖아?"

즉시 스이즈가 《순광》을 발동. 이런 판단 속도는 역시 대단하다고 할 수밖에 없다.

나도 그를 따라 《절영》을 발동, 앞서가는 스이즈를 쫓아가면서 그가 손대지 않은 병사들을 기절시켰다.

"다음 막다른 곳에서 오른쪽이요."

"그래."

스이즈도 도적이기에 《색적》으로 병사들의 위치를 알아볼 수 있다.

일반적인 던전 탐색이라면 적의 위치를 자잘하게 동료에게 알려줘야만 하지만, 이번 침입 작전에서는 길 안내만 하면 된다.

일류 도적이 동료가 되면 이렇게 편한 건가. 스이즈의 존재에 고마움을 느끼기만 하는 여정이다.

"이곳의 병사, 전혀 손맛이 없는데 괜찮은 건가?"

"스이즈 씨가 너무 강할 뿐이겠죠."

"그런가?"

"정면 전투라면 몰라도, 이런 기습에서 도적이라는 배틀스타일은 굉장히 강하니까요."

내가 아직도 병사들에게 밀리지 않는 것도 이런 사정이겠지.

검 실력으로는 십중팔구 지는 상대라도, 이런 특기 분야로 끌고 드렁가면 승산이 있다.

"거기 길, 안쪽에서 두 번째 방으로 들어가 주세요."

"여기 말인가?"

나와 스이즈가 도착한 건 평범한 창고 같은 방이었다. 경전 같은 책이나 서류가 비좁게 늘어서 있다.

"아마, 이쪽에—."

그렇게 말하면서 책장을 당기자, 안쪽에 통로가 보였다.

역시 예상대로, 이곳이 비밀 통로의 입구다.

"이 통로를 사용하면 비밀 성당에 간단히 갈 수 있을 거예요."

"그런가."

비밀 통로로 들어간 뒤에 책장 위치를 안쪽에서 되돌리고 그대로 어두운 계단을 내려갔다.

가장 아래까지 가자 긴 통로가 있었고, 그곳을 나아가면 비밀 성당의 바로 밑에 도착할 수 있었다.

비밀 성당의 바로 밑은 넓은 공동이 펼쳐진 방이었다.

건물을 유지하기 위한 기둥이 몇 개씩 세워져 있을 뿐, 그것 말고는 아무것도 없다.

방 안쪽에는 문이 있고, 그 너머의 계단을 오르면 비밀 성당의 방에 도착할 거다.

"역시 맥 빠지는군."

스이즈가 손에 든 조명을 근처에 있는 기둥에 걸었다.

걸어가면서 다른 기둥에도 차례차례 등불 마도구를 걸었다.

공허한 방에 그의 얼굴이 보일 만큼의 빛이 켜졌다.

"이대로 너의 동료를 되찾고 바로 끝내는 것도 나쁘지는 않지만, 역시 재미가 없단 말이지."

"재미는 필요 없긴 하지만요."

내가 웃으며 대답하자, 스이즈의 표정이 굳어졌다.

"너는 그럴지도 모르지만, 나는 그렇지 않거든."

스이즈는 내 몸을 정면에서 돌아보며 말했다.

"처음에 말했을 텐데. 노트 애슬론. 나는 재미있다고 생각하는 일밖에 하지 않는다고."

"무슨 말을 하고 싶은 거죠?"

그의 분위기가 어딘가 달라진 걸 알아챈 내가 물었다.

그는 어깨를 으쓱하며 대답했다.

"나는 너의 의뢰라면 재미있는 일이 일어날 것 같아서 받아들였어. 하지만, 조금 기대에서 어긋난 것 같아서 말이지."

"기대에 부응하지 못해서 죄송하네요."

"하지만, 후게는 역시 기대 이상의 녀석이더군. 그 녀석은 언제나 내 상상을 뛰어넘는 재미난 의뢰를 가져다 주거든."

어째서 여기서 후게 추기경의 이름이 나오지?

불길한 예감을 느낀 나에게 스이즈가 물었다.

"노트, 정보를 모으는 가장 간단한 방법은 뭐라고 생각하지? 너 정도의 도적이라면 알 텐데?"

"……뭔가요?"

"시치미 떼지 말라고. 가장 간단한 방법은 본인에게 듣는 거야."

상황을 파악하지 못한 나에게, 스이즈는 예상치 못한 고백을 꺼냈다.

"나는 성녀 관련의 정보를 모은다면 후게에게 가는 게 제일 빠르다고 생각했지. 그 녀석과는 옛 지인이니까. 내가 속을 떠보는 것도 그리 이상한 일은 아니야."

설마 스이즈가 후게 추기경과 직접 접촉했을 줄이야.

어쩐지 성녀 후보생에 얽힌 사정이나 아르시아의 스킬에 관한 자세한 정보를 얻었다 했다.

"단지 오산이었던 건, 【초원시】로 내가 너희와 손을 잡은 게 들켰다는 거지. 후게 녀석은 내가 적대하는 위치에 섰다는 걸 알면서도 중요한 정보를 나불나불 떠들었어. 그 후에 말했지."

그리고, 스이즈는 말을 이었다.

"『내 쪽에 붙으시죠. 그러면 좀 더 재미있는 경험을 하게 해주겠습니다.』라고 말이야. 그 녀석은 최고야. 나를 확실하게 이해하고, 그러면서도 내가 원하는 걸 정확하게 주거든."

"설마 우리를 배신할 작정인가요?"

"배신이라. 뭐, 그렇지. 결과적으로는 그렇게 되나."

스이즈는 미소를 지으며 말했다.

"하지만, 나를 무턱대고 믿은 네 잘못이라고? 나 역시 썩은 듯 보여도 도적이야. 적의를 감추는 건 간단한 일이거든."

여전히 《색적》에서는 그의 적의가 느껴지지 않는다.

당연하다. 그는 최강의 도적이니까. 적의가 느껴지지 않으니까 믿을 수 있다고 간단한 생각을 해버린 내가 바보였나.

나는 분노의 감정을 억누르며 말했다.

"스이즈 씨가 배신할 작정이라는 건 알겠어요. 하지만 솔직히 모르는 부분도 있네요. 우리를 배신하고 후게 추기경 밑에 붙는 게 뭐가 재미있다는 거죠? 저에게는 강한 자에게 꼬리를 흔드는 겁쟁이로밖에 안 보이는데요."

"그렇게 까칠한 말은 하지 말라고, 노트 애슬론. 녀석은 대단한 보수를 줬으니까."

"보수? 뭐죠? 돈? 아니면 지위인가요?"

"그게 아니야. 이 상황이다."

그렇게, 스이즈는 팔을 펼치며 말했다.

"최강의 도적, 노트 애슬론과의 일대일 대결 말이야."

최강 VS 도전자

"제가 최강? 대체 무슨 소리를 하는 거죠?"

나는 스이즈가 하는 말의 의미를 이해하지 못해서 순수한 의문을 던졌다.

그는 나를 다른 누군가와 착각하는 걸까?

"어이어이. 이 상황에서 흥이 깨지는 소리 하지 말라고."

"분위기가 식고 자시고 사실인데요. 저는 별 볼 일 없는 도적이에요. 스이즈 씨가 굳이 상대할 만한 가치는—."

"네가 별 볼 일 없는 도적? 그렇다면 이 세상의 도적 전원이 별 볼 일 없어지겠는걸?"

스이즈는 깜깜한 천장을 올려다보며 말했다.

"『어라이버즈』의 도적, 노트 애슬론. 던전 공략에서 도적이라는 배틀 스타일은 계층을 나아감에 따라 화력 부족으로 인해 쓸모가 없어진다는 평가를 받고 있지. 그런 와중에 유일하게 던전 공략의 최선단을 달리는 남자인 네가?"

"그건—."

확실히 나는 『어라이버즈』의 일원으로 던전 심층에 발을 들이고 있지만, 결코 내가 강한 건 아니다.

몬스터를 쓰러뜨리는 건 대부분 다른 멤버에게 맡기고 있고, 유일하게 던전 몬스터에게 유효타를 줄 수 있는 《마법 장저》도 에린의 마법에 빌붙는 것에 불과하다.

"저의 힘 같은 건 아니에요."

"뭐? 용케 그런 말을 하는군. 던전 20계층에서 마도사와 둘이 조난하고, 그곳에서 생환했다는 전설도 남겨놓고서?"

그게 전설? 20계층에서 에린과 조난했던 건 그렇게 듣기 좋은 일이 아니었다.

그저 전이 함정을 밟아서 미지의 계층으로 날아갔다는 실수를 저질렀을 뿐이고, 그 계층에서 살아남은 것도 그저 운이 좋았을 뿐이다.

뭔가 조금만 잘못됐어도 몬스터에게 간단히 살해당했을 거고, 마법을 쓸 수 있는 에린이 없었다면 몬스터를 쓰러뜨릴 수조차 없었다.

"저에 대해 이것저것 조사하신 모양이지만, 과대평가일 뿐이라고 생각하는데요."

"자신을 과소평가하고 있는 건 네 쪽이잖아? 말해두는데, 나는 너를 조사한 게 아니야. 원래부터 알고 있던 거지. 일반인에게는 지명도가 그리 높지 않을지도 모르지만, 도적 가운데서 노트 애슬론은 어엿한 유명인이거든."

"제가 유명인?"

"그래. 원래 던전 공략에서 활약하는 도적이 있다는 시점에서 화제가 되었지만, 너를 일약 유명인으로 끌어올린 건 칠현 선발에서 있었던 일이지. 칠현 선발이라면 각국의 요인도 모이는 세계적으로 중요한 제전. 당연히 경비도 무식할 만큼 엄중해. 그런 가운데, 제전의 주역인 차기 칠현인을 데리고 도망친 도적이 있다면 유명해지지 않는 게 이상하지 않나?"

확실히 칠현 선발에서 관중들의 눈이 있는 가운데 에린을 데리고 도망쳤지만, 그때는 무아지경으로 행동했을 뿐이다.

지금 생각해 보면 무척이나 무모한 행동이었고, 똑같은 짓을 한 번 더 할 수 있을지는 의심스럽다.

"그래도, 스이즈 씨가 더 유명하잖아요. 도적으로는 다섯 손가락 안에 들어간다고—."

"과연 어떨까. 확실히 다섯 손가락 안에 들어간다는 말은 듣지만, 너의 공적에는 이길 수 없어. 필롱 잠입 작전에서의 활약도, 악귀 그루셜의 토벌도, 던전 공략의 공적과 비교하면 대단치 않지. 확실하게 너의 격이 더 위야."

내가 스이즈보다 격이 높다? 대체 무슨 농담이지?

스이즈의 말에 당혹감을 감출 수 없었다.

"너는 자각이 없을지도 모르지만, 노트 애슬론이라는 도적은 이미 그런 영역에 도달한 거다. 전투 스킬을 가지고 있지 않은데도 불구하고 도적 중에서 최고봉의 위치에 올라선 괴물. 그런 존재와 싸울 기회가 들어왔는데, 하지 않을 수 없잖아?"

이게 소문이 혼자 돌아다닌다는 그건가?

『어라이버즈』의 모두에게 물어보면 똑같은 대답을 할 거다. 나는 모험가로는 결코 강한 편이 아니다.

"저는 스이즈 씨의 기대에 부응할 만큼 강하지 않으니까, 소문은 곧이곧대로 받아들이면 실망할 뿐이에요."

"그런가? 너는 기대 그대로의 인물이라고 생각하는데 말이지. 아까 광장에서의 전투도, 스피드라면 나와 대등했잖아? 게다가 나의 움직임도 확실히 간파하고 있었지. 아닌가?"

아무래도 스이즈는 착각을 고칠 생각이 없어 보인다.

그렇다고 해서 내가 스이즈와 싸울 시간은 없다. 한시라도 빨리 네메를 구하러 가야 하니까.

"스이즈 씨와 저와 싸우고 싶다는 건 알았어요. 싸워도 괜찮아요. 하지만, 지금이 아니라도 상관없잖아요. 네메를 구한 뒤에도—."

"어이어이, 그런 흥이 깨지는 소리 하지 말라고. 아무런 긴장감도 없는 모의전으로 만족하라고? 그런 건 전혀 재미없다고. 동료의 명운이 걸린 중요한 국면에서의 싸움. 이런 상황이 아니라면 너의 전력을 끌어낼 수 없잖아?"

"미쳤네요……."

나도 던전 공략에 목숨을 거는 몸이다.

남 말할 수는 없을지도 모르지만, 그래도 재미로 모든 행동 원리를 정하는 스이즈의 삶은 이해할 수 없다.

제멋대로 살아가는 게 나쁘다는 건 아니지만, 그에 말려드는 입장으로서는 좀 봐줬으면 좋겠다.

"미쳤다고? 칭찬으로 받아들여도 될까?"

스이즈는 미안한 기색도 없이 웃으며 대답했다.

확실히 스이즈 마이란은 일류 도적이다. 그의 덕분에 우리가 감시받고 있다는 것도 알아챘고, 적의 본거지까지 들어올 수 있었다.

그러나 마지막의 마지막에 와서 반기를 들어버리면 모든 게 엉망진창이 된다.

나는 그에게 협력을 요청한 걸 후회했다.

"이럴 바에는 우리끼리 네메를 되찾을 걸 그랬네요."

"그렇게 매정한 소리는 하지 말라고. 후게 녀석에게 협력하고는 있지만, 습격 타이밍이나 작전은 전혀 가르쳐 주지 않았어. 녀석은 나를 다루는 법을 잘 알고 있으니 말이지. 나를 자유롭게 놔두고 있거든."

"그래서 어쨌다는 거죠?"

"간단한 이야기야. 네가 나를 쓰러뜨리면 작전은 막힘없이 진행되지. 반대로 네가 패하면 동료는 되찾을 수 없어. 어때? 전력으로 덤벼들고 싶은 싸움이지?"

"정말로 성격 나쁘네요……."

작전 성공의 가능성을 완전히 무너뜨리지 않는 것으로 나에게 싸움을 강요한다. 참으로 교활하고, 무척이나 유효한 한 수다.

여기까지 왔으니 돌이킬 수 없다.

스이즈를 여기서 무시하면 작전의 전모가 후게에게 알려질 거고, 다른 기회에 네메를 되찾는 건 어려워지게 된다.

네메를 돌려받을 수 있는 건 지금 이 순간. 내가 스이즈를 격파할 수밖에 없다.

"이런 건 서툰데 말이죠……."

동료의 명운이 걸린 일대일 결투.

기억에 남는 건 진의 암살을 걸고 목 베는 자와 싸웠을 때인가?

그때는 리스의 원호가 없었다면 목 베는 자에게 패배했을 것이다.

다음으로 기억에 남는 결투라면, 포스의 『어라이버즈』 재가입 여부를 묻는 싸움이었다.

그 싸움에서는 포스가 《마법 장저》를 버텨냈고, 그에게 인정받기는 했지만 승패로 따지면 완전한 패배였다.

나는 딱히 강하지 않다. 스스로가 자각하고 있다.

게다가 나는 이런 결투에서는 사전 준비를 확실하게 해두는 타입의 인간이다.

대책이 있었기에 격이 높은 상대와 일시적으로 대등하게 맞붙을 수 있었고, 아무런 준비도 없었다면 목 베는 자나 포스에게 대적하지 못했을 거다.

그럼에도 불구하고, 이번에는 갑자기 발생한 싸움이라는

완전히 거북한 타입의 전투다.

"겨우 할 마음이 생겼나. 이름이 알려지면 좀처럼 격이 높은 상대와 싸울 기회가 사라진단 말이지. 오랜만에 젊은 시절의 마음을 떠올리게 되어서 두근두근하다고."

유감스럽게도 상대는 방심하지 않는다. 오히려 도전자로 가슴이 들뜬 상태.

어째서 본래 나보다 격이 높을 터인 스이즈가 도전자의 기분으로 싸우는 거냐고. 아무리 생각해도 도전하는 건 내 쪽이어야 하는데.

"이쪽은 최악의 기분이에요."

한숨을 내쉬면서 양손을 앞으로. 대거는 없다. 도수공권의 싸움이다.

할 수밖에 없다는 건 안다. 설령 불리한 싸움이라도, 네메를 위해 승리를 거둬야만 한다.

"봐주지는 않을 거예요."

후수로 밀릴 생각은 없었다. 곧바로 《절영》을 걸고 내달렸다.

"어이어이, 개시 신호도 안 주는 거냐고."

스이즈도 《순광》을 발동. 좁힌 거리가 단번에 벌어졌다.

그의 손패는 모른다. 그러나 내가 《절영》을 베이스로 싸우듯이, 그도 《순광》을 기점으로 속도 위주로 공격하는 타입의 전법이겠지.

《순광》이 《절영》보다 앞서는 점은 순수한 직선거리의 속도다.

반대로 《절영》이 앞서는 부분은 곡선적인 움직임. 《순광》은 방향 전환에서 무조건 감속해 버리지만, 《절영》은 그 감속이 한없이 제로에 가깝다.

그러니 똑바로 쫓지는 않는다. 전후좌우, 삼차원적인 움직임으로 적을 현혹시킨다.

"오, 돌진해 오지는 않나. 뭐, 날붙이를 든 상대에게 순수한 근접 전투에 나서고 싶지는 않겠지."

스이즈는 이미 대거를 뽑았다. 그대로 칼을 한 개, 두 개 던졌다.

"던지는 것도 가능한 건가요."

"대거를 쓴다면 당연하지. 하지만 너도 확실히 피하고 있잖아."

"투척술이라면 사부가 특기였으니까요. 어느 정도는 익숙하거든요."

"그럼, 이건 어떠냐?"

이번에는 품에서 붉은 대거를 꺼냈다. 조금 전 던지던 대거는 푸르스름한 금속의 색을 띠고 있었기에, 다른 물건인 것 같다. 모종의 마도구 성능을 가진 물건인가?

"경계하고 있는 모양이군. 하지만, 당하지는 말라고."

—순간, 귓가에 자전(紫電)이 내달렸다.

뭐지? 무슨 일이 일어났지?

눈으로 따라가지 못했지만, 지금 이게 맞았다면 한 방에

당했다. 맞지 않았던 건 순전히 우연이다.

"아슬아슬하게 반사적으로 피했나. 이 마도구는 마력을 주입하면 앵커와의 사이에 번개 마법을 날리는 거다. 앵커는 아까 던진 대거지."

후방 기둥에 박힌 파란색 대거로 시선을 보냈다.

확실히 번개가 내달린 곳은 스이즈가 가진 대거와 파란색 대거의 직선상이었다.

"물론 앵커는 몇 개나 있지. 맞지 않게 조심하라고."

"굳이 마도구의 성능을 가르쳐 주다니 다정하시네요."

"아니, 이 마도구는 상대에게 정체가 들키고 나서의 밀고 당기는 싸움이 재미있으니까. 자, 가보자고."

스이즈는 《순광》으로 지그재그 궤도를 그렸다.

그런 와중에도 앵커가 되는 대거가 날아가는 소리가 들렸지만, 기둥에 등불이 몇 개 있을 뿐인 지하실에서는 정확한 위치까지는 파악할 수 없다.

앵커와 스이즈의 직선상에 서서는 안 된다는 건 알지만, 앵커의 위치도 파악하지 못한 상황에서 스이즈는 《순광》으로 위치를 바꾸고 있다.

확실히 이건 마도구의 성능을 알수록 머리를 써서 행동해야만 한다.

"일단 멈추면 안 되겠네."

스이즈나 나에게 번개 마법을 맞추려면 앵커와의 직선상

에 나를 넣어야만 한다.

그렇다면, 반대로 내 위치를 포착하지 못하면 번개 마법에 맞을 일이 없다는 뜻이다.

《절영》으로 끊임없이 움직여서 나의 위치를 파악하지 못하게 하고, 그동안 자전의 발생 장소를 관찰하여 앵커의 위치를 파악했다.

"넷— 아니, 다섯 개인가?"

입구 근처에 하나, 그 오른쪽에 하나. 나머지는 측면에 두 개, 안쪽에 하나인가.

"이크, 벌써 간파당했나. 나 참, 싸우기 정말 힘들군."

스이즈는 측면 앵커로 다가가면서 자전을 전개했다.

거기서 앵커 투척. 아무래도 벽에 꽂힌 앵커를 뽑아서 위치를 바꾼 모양이다.

"다시 기억해야 하나요."

앵커는 대거이기에 뽑을 수 있다는 거야 알지만, 위치를 바꾸면서 싸우게 된다면 난이도가 높아진다.

그러나 새로운 앵커를 던지지 않았다는 건, 앵커의 총 숫자는 전부 다섯 개.

아니, 정해두는 건 좋지 않다. 상대는 일류 도적이다. 블러프로 또 하나 숨기고 있을 가능성도 있을 수 있다.

조금 전 던진 앵커의 위치는 대략 알고 있다. 다른 앵커의 위치가 이동하기 전에 치고 싶다.

《절영》으로 거리를 좁히려 하자, 스이즈가 옆으로 도망쳤다.

곧바로 추격하려 하자, 스이즈가 반전했다.

"이런 일도 가능하다고?"

이번에도 눈앞에서 자전. 입구 근처에 있는 앵커와의 선노(傳導)다.

일단 피할 수는 있었지만, 이번에는 지속되는 자전이었다.

스이즈의 궤도와 함께 전열선도 움직이면서 그 중간에 있는 기둥을 도려내고 있었다.

"그건 반칙 아닌가요?"

《충형보족(싱크 워크)》를 즉시 발동해서 가까스로 광속으로 흐르는 전열선 밑으로 미끄러졌다.

"맞으면 즉사한다고요."

"그래도 피했잖아."

"우연히 반응했을 뿐이에요."

"하지만, 이건 안 되겠군."

무너지는 기둥을 힐끗 바라본 스이즈가 웃었다.

"마구 썼다가는 이 방이 무너지겠어."

"그러면 두 사람 모두 잔해 밑이네요."

"그렇겠지. 여차할 때 말고는 쓰지 않기로 할까."

"가능하면 앞으로 절대 쓰지 말아 주셨으면 하는데요."

"너는 그렇게 온존해서 이길 상대가 아니잖아."

이번에 스이즈는 기둥을 박차면서 《순광》으로 거리를 좁혔다.

이쪽도 자전이 오가는 와중에 싸우는 것보다는 인파이트가 싸우기 쉽다.

그렇다고 해서 양자가 정면에서 부딪치는 건 어느 쪽이든 피하고 싶은 일이다.

《절영》도 《순광》도 양자 모두 인류 최속이라 부르기에 어울리는 아츠다.

내가 아츠를 발동하는 동안에는 계속 변하는 주변 광경을 쫓기도 어려운데, 거기에 상대가 아츠 속도까지 실어서 정면으로 돌진한다면 임팩트 순간을 파악하지 못하고 격돌할 가능성이 있다.

이미지로는 치킨 레이스다. 직전까지 《절영》으로 접근하고, 특기인 곡선적인 움직임으로 궤도를 바꿔 적의 옆을 지나 배후로 빠져나간다.

스이즈도 그걸 읽고 도중에 궤도를 바꿀 테니까, 진로를 바꾼다면 나에게 유리한 포지션으로 움직여야 한다.

내가 《절영》으로 옆으로 튼 순간, 스이즈도 《순광》을 써서 반대쪽으로 튕겼다.

최초의 접근에서는 운 좋게 서로 다른 방향으로 진로를 잡았다.

이제 서로의 동체시력이 따라가지 못한다. 감도 뒤섞인 수 읽기 싸움이다.

다음 접근에서는 운이 나빠서 두 사람 모두 같은 방향으로 틀어버렸다. 스이즈의 칼날이 닿는 거리에.

"《자루 치기》."

대거가 턱을 향해 올라오자 나도 대거를 뽑아 요격하려고 했지만, 어떻게든 직전에 그만뒀다.

저 대거는 마도구다. 앵커와의 사이에 있는 곳에 번개 마법을 발생시킬 수 있다면, 칼날에 자전을 두르는 것도 가능하지 않을까?

거기까지 생각에 이른 것은 몸을 젖히며 칼날의 궤도를 억지로 피한 뒤였다.

자세를 억지로 바꿔서 그런지 《절영》의 다리가 멈추고 말았다.

적은 이런 빈틈을 놓칠 상대가 아니다.

"《축지》"

억지로 아츠를 발동해서 도망치는 게 아니라, 반대로 거리를 좁혀 그대로 부딪쳤다.

절대로 태클이라고 부를 수 없는 추한 충돌이었지만, 스이즈에게는 예상 밖의 움직임이었던 모양이다.

대거로 막지도 못한 채 양자 모두 지면에 처박혔다.

두 사람의 발이 멈췄다. 지금이 최대의 기회다.

나는 즉시 일어났지만, 스이즈도 똑같은 타이밍에 일어났다. 아무래도 이쪽도 같은 생각을 한 모양이다.

"《유인(幽刃)》(고스트 터치)."

"《장저》(샷)!"

스이즈의 손에 든 대거의 궤도가 두 개로 갈라졌지만, 나는 그 손을 모두 떨쳐냈다.

날붙이 길이의 이점이 사라진 완전한 인레인지. 이 순간이라면 맨손으로도 싸울 수 있다.

스이즈가 펼치는 칼놀림을 《장저》나 《유선(스트림) 회피》을 구사하며 걷어냈다.

상대의 공격을 맞지는 않았지만, 이쪽이 《장저》를 클린 히트시키는 것도 어려웠다.

"받아라!"

이 간격에서는 불리하다고 생각했는지, 스이즈는 붉은 대거에 마력을 담아서 앵커 사이에 자전을 발생시켰다.

이것은 나도 견디지 못하고 움츠러들고 말았고, 그 틈을 노린 발차기를 명치에 맞고 말았다.

호흡도 하지 못한 채 어떻게든 거리를 벌렸다. 양자 모두 재정비하는 형태다.

스이즈는 대거를 손에서 돌리며 입을 열었다.

"어이어이, 노트 애슬론. 작작 좀 하라고."

"작작 좀 해줬으면 하는 건 이쪽인데요. 빨리 쓰러져 주세요."

"쓰러져 달라고? 나를 쓰러뜨릴 생각이 없는 건 너잖아?"

스이즈의 말에는 어딘가 분노의 감정이 담겨있었다.

"넌 대체 언제가 되어야 전력을 낼 거지?"

"이쪽은 항상 전력으로 싸우고 있는데요. 이게 전력으로 느껴지지 않는다면, 그저 저에게 기대한 실력이 없었을 뿐이겠죠."

"그게 아니야. 너는 아직 전력을 내지 않고 있어."

스이즈는 대거를 들이밀며 노려봤다.

"확실히 전력으로 공격을 피하고는 있지. 하지만, 나를 쓰러뜨리려는 기개 있는 공격은 전혀 없어."

"그건 제 공격력이 부족할 뿐이에요."

"아니잖아. 너는 던전 몬스터와도 맞붙을 수 있는 모험가야. 공격 수단이 없는 건 아니지. 그저 온존하고 있을 뿐이야. 아니냐?"

"……."

스이즈의 지적은 지당했다.

확실히 《마법 장저(스펠 샷)》를 사용하면 싸움의 국면을 진전시킬 수 있을지도 모른다.

그러나 이건 네메를 탈환하기 위해 온존해야만 하는 히든카드다.

그걸 이런 예상 밖의 전투에서 꺼낼 수는 없다.

그런 나의 내심을 간파했는지, 스이즈가 말했다.

"나도 참 얕보였군. 이쪽은 마도구도 모조리 꺼내서 전력으로 싸우고 있는데 말이지."

"딱히 얕보는 건—."

"그게 아니면, 어째서 쓰지 않지? 동료를 구하고 싶으니까? 그렇다면 여기서 전부 써버리고, 나를 쓰러뜨리고 나서 앞으로 나아가라고."

"스이즈 씨를 쓰러뜨려도, 이후에 네메 누나를 되찾지 못하면 의미가 없잖아요?"

"오오, 나를 이긴 이후도 생각하는군. 역시 최강의 도적. 정말 잘나셨어."

스이즈가 크게 웃음을 터뜨렸다.

그대로 눈을 크게 뜨고는, 방 전체에 울리려는 듯 외쳤다.

"자만하지 마라, 최강. 도적 스이즈 마이란은 온존해서 이길 수 있을 만큼 어쭙잖은 상대가 아니야."

"—큭."

자만인가. 스스로 인식하지 못했지만, 확실히 그런 감정이 마음 깊은 곳에서는 있었을지도 모른다.

스이즈는 전력으로 나와 마주하고 있다. 하지만 나는 네메를 되찾는 걸 생각하면서 스이즈와 싸우는 상황이다.

상대를 최강의 도적이라 인정하면서도, 어떻게든 되지 않을까 하는 마음이 있던 것도 확실하다.

그러나 그의 말대로 스이즈 마이란은 온존해서 이길 수 있는 상대가 아니다.

나의 전심전력을 쏟아부어도 이기지 못할지도 모르는 강적이다.

나는 도전자다. 결코 잊지 말자. 설령 상대가 나에게 도전할 작정이라도, 그 사실은 변하지 않는다.

"그러게요. 작작해야 하는 건 제 쪽일지도 모르겠어요……."

잘못된 건 내 쪽이다. 에린에게 받은 모든 스펠을 써서 이 강적을 타도한다.

내가 할 일은 그것뿐이다. 뒷일을 생각할 수는 없다.

"감사합니다. 덕분에 눈이 뜨였어요."

그렇게 말하면서 한 발짝, 두 발짝 걸어갔다.

《절영》은 쓰지 않는다. 천천히, 그저 보행하는 발걸음.

이 함정 마법을 쓰면 승부는 단번에 끝난다.

상정한 대로 잘 걸려들면 이쪽의 승리. 반대로 저쪽이 대처한다면 그 시점에서 히든카드를 잃은 이쪽의 패배.

결판은 매우 심플하다. 이 일격으로 모든 게 끝난다.

중요한 건 거리다. 눈대중을 그르치지 마라. 나에게는 【지도화】 스킬이 있다. 거리만큼은 정확하게 파악할 수 있을 거다.

최대한 평정심을 가장하면서 거리를 좁혔다.

스이즈도 《절영》으로 접근한다면 즉시 《순광》을 발동해서 회피 행동에 들어가겠지만, 내가 슬금슬금 걸어오자 어떻게 대처해야 할지 고민하는 모양이었다.

어쩌면 나의 《절영》 발동 타이밍에 《순광》을 발동해서 도망칠 자신이 있을지도 모른다.

하지만 나의 다음 《마법 장저》는 《절영》의 속도조차 뛰어넘는다.

—딱 5미터 간격에 들어섰다.

그 순간, 나는 《함정 해제》를 발동했다.

즉시 스이즈의 등이 시야에 비쳤다.

프로텍트를 해제한 건 손등에 있는 공격 마법이 아니다. 손등에 있는 마법진이다.

그곳에 설치된 함정 마법은 증오스러운 악연이 가득한 함정— 전이 함정.

그걸 일부러 발동해서 스이즈의 배후로 전이. 곧바로 손등에 준비된 마법진을 기동했다.

"《박식(縛式)》—."

발동한 건 포박용 마법이었다. 빛의 띠가 나무 형태로 퍼지면서 순식간에 전개.

아무리 실력이 뛰어난 스이즈라도 이 기습에는 완전히 당황했는지, 반응이 늦어지고 말았다.

띠가 몸을 뒤덮은 동시에 조여들어 그를 감쌌다.

"—뭐?"

구속 마법은 스이즈를 완전히 사로잡아서 떨어지지 않는 형태로 전개했다.

이게 작전 전에 에린이 넣어둔, 사람을 죽이지 않기 위한

대인 전용 비장의 스펠이었다.

"이 구속 마법은 뭐지? 마도구냐?"

이렇게나 손발이나 관절을 조여 버리면, 스이즈가 어떤 수를 쓰더라도 자력으로 탈출하는 건 불가능하다.

이후에는 이 스펠이 자연스레 풀리는 걸 기다릴 수밖에 없다.

"에린의 스펠이에요. 움직이지 못하겠죠? 이거라면 제 승리라고 해도 되겠네요."

"어째서 그 아가씨의 마법이? 아니, 그게 아니야. 어째서 갑자기 배후로—."

아무래도 스이즈는 내가 순간 이동한 사실을 알아채지 못한 모양이었다.

《절영》을 눈으로 따라가려면 선의 움직임을 포착하는 요령이 필요하다.

그래서 《절영》의 움직임에 익숙해지면, 전이에 의한 순간 이동에 대처하기 힘들어진다.

"원래는 전이 함정이라는 던전산 함정 마법이에요. 그걸 공간 마법을 쓸 수 있는 에린이 개량해서, 술자가 특정 위치로 전이할 수 있는 함정 마법으로 바꿨죠."

이 함정 마법으로 전이할 수 있는 장소는 5미터 전방으로 한정되어 있다.

그렇기에 나는 걸어서 스이즈의 배후에서 5미터 떨어진 곳으로 자신의 위치를 조절할 필요가 있었다.

이후에는 전이 함정을 발동하고는 즉시 몸을 돌려서 손바닥의 구속 마법을 전개하기만 하면 된다.

"과연. 순간 이동인가. 전혀 이해할 수 없지만, 너 정도의 존재라면 사용하더라도 당연하겠지."

"대부분 에린의 공적이지만요."

장갑에 《마법 장저》용 이외의 마법을 세팅하는 것도 에린의 제안이었다.

마법 술식을 부여할 수 있는 천으로 만든 장갑은 당연히 손등과 손바닥 부분에 천이 있고, 지금까지는 《마법 장저》로 쓰기 위해 손바닥의 천밖에 쓰지않았었다.

그러나 이번에는 《전이문》 마법진을 세팅해서 작전에 돌입해야 하기에, 《전이문》을 손바닥에 새겨버리면 《마법 장저》를 한 번밖에 쓰지 못하게 된다는 문제가 발생했다.

《마법 장저》는 나의 생명선이라 할 수 있는 아츠이기에, 그 사용 횟수가 절반으로 줄어버리면 전력의 대폭 감소를 피할 수 없다.

그래서 《마법 장저》에는 쓰지 않는 손등의 천에 마법진을 그리기로 한 거다.

나의 오른쪽 손등에는 《전이문》, 왼쪽 손등에는 전이 함정.

오른쪽 손바닥에는 비교적 위력이 있는 공격 마법. 그리고 왼쪽 손바닥에는 포박 마법이라는 조합이었다.

"즉석에서 해본 건데, 어떻게든 됐네요……. 그 대신 지금부터는 꽤 힘들겠지만……."

원래 이 전이 함정은 이렇게 전투에 활용하기 위해 세팅한 게 아니었다.

원래는 네메가 갇힌 방으로 다가가서 그곳에서《전이 함정》을 발동.

방 안으로 전이해서 네메를 데리고 돌아오는 걸로 쓸 작정이었다.

그걸 스이즈와의 전투에서 억지로 써버렸다.

온존하고 싶었지만, 상대는 최강의 도적이다. 이것만큼은 어쩔 수 없었다.

"정말로 어떻게 네메한테 가야 할까요. 경비병이 잔뜩 있을 텐데. 이거 좀 무리 아닌가요?"

"글쎄다. 나한테 물어도 곤란해. 나는 패배한 몸이다. 이 이상은 방해하지 않아."

"패배는 순순히 인정하시네요."

"나도 끈질기게 버티지는 않으니 말이지. 완패다. 나의 패배야."

"그런 것치고는 개운한 표정인데요."

"당연하지? 이렇게나 재미있는 싸움을 했으니까. 대만족이야."

"배신하면서 싸움을 걸어놓고, 그것에 패하니까 멋대로

만족하다니 치사하네요."

"그렇게 말하지 말라고. 너도 재미있었지?"

스이즈의 소녀 같은 순수한 눈동자를 본 나는 한숨을 내쉬며 대답했다.

"뭐, 그럭저럭이요. 이런 경험은 두 번 다시 하고 싶지 않지만요."

"너도 솔직하지 않구만."

"스이즈 씨가 욕망에 너무 솔직할 뿐이에요."

나, 로즈리아 밍크고트는 『어라이버즈』의 동료인 소피 씨와 함께 사렌그레 대교회에 침입했습니다.

사렌그레 대교회는 관광객에 일반 공개된 건물도 있기에 부지 안으로 들어오는 거라면 간단합니다.

본당이나 비밀 성당에는 본래 들어가지 못하지만, 노트 일행이 경비병을 끌어들인 덕분에 어떻게든 본당에 들어올 수 있었습니다.

우리의 역할은 교란이기에 적의 눈길을 끄는 게 목적이지만, 이 작전은 무계획적인 감이 있기에 교란의 구체적인 방법까지는 듣지 못했습니다.

그런고로, 지금은 소피 씨와 함께 성당 안을 자유롭게 돌아다니는 상태입니다.

"오, 침입자인가?"

복도 모퉁이를 돌았을 때, 검사풍 남자와 마주쳤습니다.

남자는 도를 들고 자기소개를 시작했습니다.

"내 이름은 쥬란. 명도 야지(夜凪)의 사용자. 자, 정정당당히—."

"아뇨, 저희는 침입자가 아닌데요. 그냥 메이드에요. 보세요. 이 메이드복."

그렇게 말하며 소피 씨를 손으로 가리켰습니다.

눈앞의 남자는 소피 씨의 복장을 빤히 쳐다보다가 중얼거렸습니다.

"확실히 메이드복이군. 이크, 실수한 모양이야. 미안미안."

남자는 소피 씨 옆을 지나가려 했습니다.

그러나 도중에 멈춰 서서 제 쪽으로 시선을 보냈습니다.

"이 아이가 메이드인 건 알겠어. 그런데, 너는 어째서 갑옷을—."

"소피 씨, 해치워 주세요."

"알겠습니다."

소피 씨는 그대로 주먹을 남자의 옆구리에 한 방. 몸이 기역 자로 꺾였을 때 팔꿈치를 찍어서 졸도시켰습니다.

"나이스 연계 플레이였어요!"

"연계 플레이고 뭐고, 그냥 무모한 짓이었던 것 같은데—."

"그러고 보니 이 사람 자기 도를 명도라고 하지 않았었나요?"

"내 말 듣고 있어?"

소피 씨의 항의를 무시한 나는 남자가 들고 있던 도를 손에 들었습니다.

"이거, 좋은 도인가요? 소피 씨."

"명도라고 불리기에 어울리는 명품이지만……."

"그럼 받아 갈까요. 포스의 도가 부러져 버렸으니까요."

"아니, 그건 강도질이잖아."

눈초리가 험악해진 소피 씨에게 질책을 들었습니다.

쳇. 모처럼 좋은 방안이라고 생각했는데…….

"하지만 이래도 걸어가는 것만으로는 전혀 교란하는 느낌이 안 들지 않나요?"

"그건 그렇지만……."

"그래요! 이곳의 보물고에 침입하는 건 어떤가요? 분명 보물이 잔뜩 있을 거예요!"

"훔치면 도둑이 되니까 안 돼."

"훔치지는 않아요! 그저 옛날부터 국가의 보물고를 보는 걸 좋아했거든요~. 어린 시절에는 아버님에게 부탁해서 자주 보기도 했고요. 아이판의 보물고는 어떤 마도구가 잠들어 있을지 보러 가자고요!"

"그렇게 관광처럼……. 앗, 그렇게 가볍게 한 나라의 보물고를 볼 수 있었다니, 로즈리아의 어린 시절은 대체……?"

"이크, 말이 헛나왔네요. 아무것도 못 들은 걸로 해주세요."

혀를 내밀면서 장난스레 얼버무렸습니다.

"잘 모르겠지만, 알았어."

다른 사람이라면 몰라도, 이럴 때 소피 씨는 깊이 추궁하지 않습니다.

눈치가 좋은 걸까요, 아니면 그다지 타인에게 흥미가 없는 걸까요. 아무튼 고마운 일이라서, 이대로 이야기를 원래 방향으로 돌리기로 했습니다.

"게다가 보물고로 가는 것도 나쁜 계획은 아니라고 생각하거든요. 이 나라의 중요한 것이 보관된 곳에 누가 들어간다면, 당연히 경비원의 의식이 저희에게 쏠릴 것 같지 않나요?"

"그건 그렇지만……."

"저희의 역할은 교란 담당이에요! 교회 안의 사람이 가장 당하면 곤란한 일을 해야죠!"

"뭐어……."

"게다가 저는 보물고를 보게 되어 대만족! 일석이조잖아요!"

"역시 로즈리아가 보물고를 보고 싶을 뿐인 게—."

"이런 농담은 넘어가고. 어떤가요? 교란을 위해 보물고로 갈까요?"

"응……."

수긍하기는 했지만, 소피 씨는 아직 납득하지 않은 모양입니다.

아이판의 보물고를 견학할 기회 같은 건 거의 없습니다. 지금을 놓치면 이런 기회는 이제 두 번 다시 없겠죠.

여기서는 어떻게든 소피 씨를 설득해야 합니다.

"소피 씨. 레이파 님에게 자주 듣지 않았나요? 머리가 딱딱하다고."

"지시한 것밖에 못 한다는 말을 들은 적은 있지만……."

"그래요! 지금, 저희는 『어라이버즈』 분들에게 이곳의 병사를 교란하라는 지시를 받았어요. 하지만 방법까지는 듣지 못했죠. 여기서 평범하게 교란하다가는, 지시받은 것밖에 하지 못하는 인간이라며 실망을 살 거라고요?"

"그건 곤란해……."

"그렇죠? 노트나 다른 사람들이 실망하게 된다면, 레이파 님도 어이없어하겠죠?"

"알았어. 할게. 소피는 지시받은 것밖에 하지 못하는 아이가 아니야."

의외로 소피 씨는 쉬운 구석이 있습니다.

평소에도 실컷 주의를 받는지라, 다루는 법을 점점 알게 되었습니다. 레이파 님의 이름을 꺼내면 어지간한 경우는 원만하게 수습됩니다.

"그러니까 아이판 보물고 견학 투어. 출발해 볼까요!"

"뭔가 속은 것 같은데……."

그런 소피 씨의 중얼거림은 못 들은 걸로 했습니다.

삐—! 삐—! 삐—!

보물고로 들어가자, 성당 전체에 퍼지는 경보가 울려버렸습니다.

"이 소리는 뭐죠?"

"센서식 마도구. 우리의 침입을 감지해서 우는 타입 같아."

"꽤 시끄럽네요. 고막이 찢어질 것 같아요. 곤란하네요."

"그것만이 아니야. 우리가 보물고에 침입했다는 게 들키면 교회 전체의 병사가 이리로 올 거야. 잘 생각해 보니, 병사가 너무 많이 모이면 우리는 도망칠 수 없어. 로즈리아의 말에 따른 내가 바보였어……."

"들어온 걸 후회해봤자 소용없어요. 일단 문을 흙마법으로 막아주세요."

"로즈리아도 조금은 반성해……."

그녀는 원망스러운 시선을 보내면서도 꼼꼼하게 토속성 정령술로 문을 막았습니다.

역시 뿌리는 성실하네요. 불평하면서도 이쪽의 지시에 따르는 점이 말이죠.

"이걸로 병사들은 당분간 들어올 수 없겠네요."

"그래도, 우리도 나가지 못하게 됐어."

"그럼 차분하게 보물 견학 타임에 들어가 볼까요!"

"어째서 그렇게 즐거워하고 있어? 머리에 꽃밭이라도 들어차 있어?"

"보세요! 이 방패! 아름답죠? 대체 이건 어떤 마도구일까요? 해설의 소피 씨."

소피 씨의 신랄한 말을 무시하고, 근처에 있던 푸른 방패를 들었습니다.

"해설이 아니거든. 【고위 감정】으로 보니까, 그건 그냥 장식품 방패 같아. 방어력은 별로 없을지도."

"그럼 미묘하네요. 버리기로 하죠."

"난폭하게 던지지 마. 부서지면 어쩔 거야?"

"앗, 보세요! 커다란 거울이 있어요! 이것도 마도구인가요?"

"이야기 듣고 있어?"

여러 보물을 보고 텐션이 올라간 나와는 달리, 소피 씨는 차가운 텐션으로 대답했습니다.

보물고는 좀처럼 볼 기회가 없으니 즐기지 않으면 손해라고요.

"이봐, 도둑놈아! 당장 나와라!"

마도구를 물색하고 있는데, 문 바깥에서 커다란 소리가 들렸습니다.

실례네요. 그저 구경하고 있을 뿐이고 아무것도 훔치지 않았는데. 이래서는 완전히 누명이잖아요.

"위험할지도."

소피 씨가 마도구를 뒤지는 내 손을 잡으며 말했습니다.

"병사들이 억지로 문을 열려고 하고 있어. 문을 막았으니 당분간은 무사하겠지만, 이대로 가면 부서져서 잡히는 것도 시간문제. 어서 도망쳐야 해."

"조금 더 보고 싶었지만, 어쩔 수 없네요. 오, 마침 좋은 곳에 안쪽으로 이어지는 문이 있어요."

"정말이네. 그래도 두꺼워—."

"에잇!"

플룩투스를 꺼내서 문을 가로로 슬라이스했습니다.

본래의 힘을 완전히 발휘하지 못한다고는 하지만, 썩어도 성검입니다. 이 정도의 문은 방해가 아닙니다.

"이 방은 뭔가요?"

보물고 안쪽 방이니 더 많은 보물이 잠든 방인 줄 알고 기대감에 가슴을 부풀리며 들어왔지만, 아무래도 이 방은 보물고가 아닌 모양입니다.

방 전체에 배관이 들어차 있고, 그 중앙에는 거대한 구체가 놓여있습니다.

이 공간은 대체 뭐죠?

"요새 동력로……."

소피 씨가 작게 중얼거렸습니다.

"뭐라 그러셨죠?"

"비스릴에 올 때 마차 마부한테 들은 이야기 기억해? 이 도시는 옛날 포쥬라는 드워프가 만든 요새 도시라고 했잖아."

"그런 이야기가 있었죠. 그래서 어쨌다는 건가요?"

"지금은 노후화되어서 도시의 요새 기능은 잃어버렸다고 하지만, 이 장치는 옛날 요새의 심장이었던 부분 같아."

"그렇군요. 중요한 곳이니까 보물고보다 안쪽에 있다는 건가요."

구체에 다가가서 어루만지자, 매끄러운 금속으로 이루어져서 싸늘한 차가움이 느껴집니다.

구조나 각 파츠의 재질도 본 적 없는 것들이라, 확실히 이건 현대 기술로 재현할 수 없다는 것도 납득이 갔습니다.

이게 저와 같은 성구 시리즈의 스킬 보유자가 만들었다고 하니, 정말 놀랍습니다.

"이거, 만지면 폭발하거나 하나요?"

"어째서 만지면서 말해? 뭐, 안심해. 지금은 마력이 텅 비어서 동력로가 움직이지 않으니까. 폭발할 걱정은 없어."

"그럼 다행이네요. 그런데 어째서 비스릴 사람들은 이 동력로를 움직이지 않는 걸까요? 마력이 없다면, 마력을 주입하면 되는 거잖아요?"

"도시 하나를 움직이는 마력량은 상상할 수도 없고, 일반적인 마력을 주입하기만 해서는 움직이지 않을 가능성도 있어. 어쩌면 포쥬가 마력을 주입하지 않으면 안 된다거나."

"뭔가 여러모로 귀찮은 장치네요……."

"너무 어렵게 생각하지 않아도 돼. 이것도 커다란 구분으로는 마도구 같은 거야. 그저 스케일이 크고, 이 도시가 있는 산 전체가 마도구가 되었을 뿐이야."

"마도구 같은 건가요……."

소피 씨의 한마디로 문득 떠올랐습니다.

【성검의 인도자】의 본래 힘을 끌어내는 특훈을 할 때, 마도구에 성검의 마력을 주입하는 연습을 했는데 마도구의 내구력이 버티지 못해서 금방 망가졌었습니다.

하지만 눈앞의 이 뭔가 굉장한 느낌의 동력로라면 성검의 마력을 주입해도 버텨줄 수 있지 않을까요?

어쩌면 이건 묘안일지도 모릅니다.

이 동력로에 마력을 주입한다면, 성검의 마력 컨트롤을 익히는 단서를 얻을 가능성이 있습니다.

위기는 곧 기회라고도 하니까요. 여기서 우리가 요새 동력로에 도달한 것도 뭔가 운명일지도 모릅니다.

여기서 내가 각성해서 【성검의 인도자】의 본래 힘을 끌어내게 된다면, 우리를 붙잡으려는 병사들을 격퇴하는 것도 가능합니다.

"하앗!"

손바닥 너머로 성검의 마력을 주입했습니다.

일반적인 마도구는 좀처럼 주입이 안 되었지만, 신기하게도 이 동력로는 마치 빨아들이듯이 마력이 침투하는 감각이 들었습니다.

"과연, 뭔가 붙잡을 수 있을 것 같아요."

흘러가는 마력을 힘차게 끌어올리자, 갑자기 방 전체가 흔들렸습니다.

"뭐죠? 지면이 흔들리네요."

"지진 같아. 진정될 때까지 한동안 움직이지 않는 게 좋을지도."

"그러게요. 이 방이라면 위에서 떨어질 것도 없어 보이니

안심이에요."

"그나저나 긴 지진이네. 그보다 점점 강해지고 있지 않아?"

"말을 듣고 보니 그러네요."

"어쩌면 일반적인 지진이 아닐지도."

"노트 일행, 괜찮을까요? 걱정되네요."

"모르지만, 아마 문제없을 거야—. 잠깐, 로즈리아. 뭐 하는 거야?"

소피 씨가 경악으로 가득한 표정으로 이쪽을 보고 있습니다.

깜짝 놀랐습니다. 대체 무슨 일이죠?

"뭐냐뇨?"

"그 동력로를 건드리며—."

"아, 이거 말인가요. 그냥 시험 삼아 성검의 마력을 주입하고 있을 뿐인데—."

거기까지 말하고는 깨달았습니다. 뭔가 동력로가 빛나고 있네요!

게다가 둔중한 중저음을 울리면서 구체가 움직이기 시작했습니다! 이거 뭔가요!

"아무것도 안 했는데, 그저 마력을 주입했을 뿐인데 빛나기 시작했어요!"

"바보야? 어째서 멋대로 마력을 주입한 건데!"

"여러모로 생각해 보고, 괜찮을 것 같아서 한 거라고요! 설마 이런 일이 벌어지다니!"

"평범하게 생각하면 그렇게 안 돼. 일단 손을 떼고 마력 주입을 멈춰!"

"네!"

양손을 떼고 즉시 소피 씨에게 다가갔지만, 동력로의 움직임은 전혀 멈추지 않았습니다.

구체는 당장에라도 터질 것처럼 눈부신 빛을 발하고 있습니다.

"어쩌죠?! 이거, 폭발하거나 하지는 않겠죠?!"

"……몰라."

"부정해 주세요! 【고위 감정】 스킬이 있잖아요!"

"스킬로 뭐든 알 수 있는 건 아니야. 오히려 빛나게 한 로즈리아가 해결해야지."

"아니, 무리라고요! 마력을 주입하기는 했어도, 빼낼 수는 없으니까요!"

"어째서 자기가 수습할 수 없는 짓을 하는 건데!"

소피 씨와 함께 방구석까지 후퇴했지만, 이제는 무리일지도 모릅니다.

동력로가 증기를 뿜어내면서 풀 스피드로 움직이기 시작했습니다.

무서워져서, 저도 모르게 소피 씨를 끌어안아 버렸습니다.

"뭔가요?! 대체 무슨 일이 일어나는 거죠?!"

"아마, 성검의 마력에 의해 요새가 움직이는 거야."

“요새가 움직이면 대체 어떻게 되는 거죠?!”

“그러니까, 그걸 알면 고생하지 않아.”

“정말이지 쓸모가 없네요.”

“멋대로 요새를 움직인 로즈리아에게만큼은 듣고 싶지 않아!”

"우왓! 뭔가요?!"

방을 크게 흔드는 지진이 일어나자 네메 퍼진은 저도 모르게 펄쩍 뛰었다.

비스릴은 산간지대에 있기에 비교적 지진이 많은 걸로 유명하지만, 그래도 이렇게 커다란 지진은 처음이었다.

문을 열어봤다. 방 앞에는 도망치지 못하게 전투계 신관이 배치되어 있지만, 그들도 모두 당혹스러운 모양이었다.

"빈틈 발견인 거예요! ……앗."

네메는 지금 이때 도망치려고 발을 내디뎠지만, 지면이 흔들린 바람에 넘어지고 말았다.

당연히 신관에게 붙잡혀 방 안으로 돌아오고 말았다.

"잘 안되는 거예요……."

시무룩하게 어깨를 떨구고 있는데, 복도 밖에서 병사들이 황급히 달리는 기색이 전해졌다.

문 근처에 서서 귀를 기울이자, 잠시 뒤 방에 나타난 건 아르시아였다. 보자마자 무심코 질문을 던졌다.

"대체 무슨 일인 거죠?!"

"몰라. 네 동료들이 온 거겠지만, 두 사람은 도시 밖으로 도망치지를 않나, 두 사람은 놓쳐버리지를 않나, 나머지 두 사람은 요새 도시의 코어를 기동시키는 바람에 엉망진창이 되어버렸어."

무척이나 초조한 건지, 아르시아의 어조는 옛날처럼 돌아와 있었다.

네메는 그중에서 신경 쓰이는 발언을 발견했다.

"뭔가 한 명 많지 않나요?!"

"먼저 언급하는 게 그거야?! 우선 요새 도시를 기동시켰다는 것에 놀라야지!"

"흐응…… 요새 도시…… 어?!"

네메가 아무리 마이페이스라고 해도, 비스릴에서 오랫동안 자라온 사람인지라 수백 년 만에 요새 도시의 기능이 부활했다면 당연히 놀랄 만했다.

자연스레 목소리가 커지는 것이 느껴졌다.

"그, 그, 그럼 어떻게 되는 거죠?!"

"나한테 물어도 곤란해. 이런 사태는 아무도 경험한 적이 없으니까, 교회 내부는 대소동이야. 내가 여기에 오기는 했지만, 대체 어떻게 하라는 거야. 후게 추기경은 도시 밖으로 도망친 동료를 쫓아가서 지금은 없고……."

"뭔가 큰일인 거예요……."

"전부 너 때문이야……. 왜 남 일처럼 구는데?"

"딱히 네메는 아무것도 안 한 거예요! 그러니까 남 일이에요!"

"그건 좀 어떤가 싶은데……?"

아르시아는 네메의 대답에 골치가 아파졌는지 이마에 손을 댔다.

"네메가 얽히면 언제나 멀쩡한 일이 안 생겨……."

"너무한 거예요!"

"그야 그렇잖아. 증여 의식에서도—."

"……으."

아르시아가 그걸 언급할 줄은 몰랐다. 저도 모르게 숨을 삼켰다.

"의욕 없는 척하면서 약삭빠르게 【성녀 권능】 스킬을 받다니. 그러더니 성녀의 역할에서 도망쳐서 모험가를 시작하다니. 대체 얼마나 사람을 바보 취급해야 직성이 풀리는 거야?"

"그럴 생각은……."

역시 아르시아는 그렇게 생각하고 있었나. 네메의 가슴에 쿡 찌르는 아픔이 느껴졌다.

【성녀 권능】은 결코 원해서 받은 스킬이 아니다. 신의 장난으로 네메에게 굴러떨어진 스킬이다.

하지만 아르시아는 그걸 이해하지 못했다.

"네메는 성녀 같은 건 되고 싶지—."

"그럼 왜 【성녀 권능】 스킬을 가지고 있는 건데!"

"그런 건 네메가 묻고 싶을 정도예요! 절대 뭔가 잘못된 거예요! 사실은 아르시아가 얻어야 했다고요!"

"뭐야? 연민이라도 하는 거야? 네메한테 연민을 받아봤자 비참해질 뿐이라고!"

아르시아는 거칠게 외치면서 책상을 크게 두드렸다.

역시 아르시아는 변해버렸다.

옛날의 아르시아는 분노에 몸을 맡겨서 누군가에게 고함치는 일이 없었다. 언제나 네메에게 다정한 말을 걸어줬다.

아르시아가 변해버린 건 자기 때문이다. 자신이 성녀님의 스킬을 손에 넣었으니까—.

"어라? 지금 바빠?"

네메가 내심 자신을 책망하고 있는데, 방 입구에서 누가 말을 걸어왔다.

문 쪽을 보니, 신관복을 입은 여자아이가 얼굴을 내밀고 있었다.

"네메, 오랜만이야!"

여자아이는 손을 흔들더니 웃으면서 방 안으로 들어왔다.

이 자리와는 어울리지 않는 표정을 지은 신관이 등장하자 네메는 굳어지고 말았다.

"봐봐, 나야! 나! 기억하지?"

"……누구죠? 그런 사기인가요?"

"아니야! 프랑이야! 프랑! 잊어버렸다고 하지는 않겠지!"

"후뉴?"

"왜 모르는 표정인데?! 잊어버렸어? 언제나 밥 먹을 때 옆

자리에서 디저트 빼앗아 갔잖아! 그리고 방도 똑같았잖아! 네메가 나간 뒤에, 어째서인지 내 침대 밑에 네메의 책이 발견되어서 큰일이었거든!"

"……앗, 떠오른 거예요! 확실히 룸메이트인 프랑수아였어요!"

"수아는 필요 없거든! 프랑이야! 네메, 분명 잊어버린 거지?!"

"……네메는 과거를 돌아보지 않는 여자예요."

"아무리 그래도 프랑을 잊어버리는 건 어떤가 싶은데……."

어째서인지 아르시아마저도 기겁한 시선을 보냈다.

두 사람이 기겁하는 건 그렇다 치고, 프랑이라는 여자아이가 등장하자 아르시아와의 긴박한 분위기가 조금 풀어지는 게 느껴졌다.

"근데, 프랑은 무슨 용건이야? 지금 네메와 중요한 이야기를 하고 있는데."

아르시아가 프랑이라는 여자아이에게 물었다.

"그렇게 무서운 표정 짓지 마, 아르. 옛날 친구의 얼굴을 보러 오는 데 이유가 필요해? 소소한 동창회 같잖아."

"동창회라면 나중에 해. 지금은 바쁘니까."

"그렇게 말할 수는 없잖아. 네메의 동료가 온 것 같고, 어디로 가버리면 대화할 수 없잖아."

아르시아는 험악한 표정을 보였지만, 프랑은 계속해서 헤실헤실 미소를 지었다.

아르시아는 짜증이 난다는 듯 팔짱을 낀 자기 팔을 손가락으로 두드렸다.

“그러니까 어디 가지 못하게 감시하고 있는 거잖아. 방해하지 마.”

“그건 무리야. 내가 여기에 온 이유 중 하나는, 네메를 여기서 내보내는 거니까.”

“어?”

설마하던 프랑의 발언에 네메가 당황했다.

아르시아도 그녀의 이 발언은 흘려듣지 못했던 모양이다.

“당신, 자기가 무슨 소리를 하는 건지 알고나 있어? 성녀대행인 나와 후계 추기경에게 거스르는 거라고.”

“그치만, 나 교황의 손녀인걸. 할아버지에게 부탁하면 약간의 어리광 정도는 용서해 주잖아?”

“당신은 그랬었지. 교황의 손녀이면서 성녀가 되기 위해 교회에 맡겨진, 이단의 성녀 후보생…….”

“게다가 네메를 도망치게 해준 건 이번이 처음인 것도 아니니까.”

“당신이었구나. 네메 혼자서 이 교회에서 도망칠 수 있을 리가 없다고 생각했었는데, 역시 협력자가 있었어.”

그렇게 중얼거린 아르시아가 네메를 돌아봤다.

“그보다 당신. 자기를 비스릴에서 빠져나가게 협력해 준 은인의 존재를 잊고 있었어?”

“……노 코멘트인 거예요.”

그때는 【성녀 권능】 스킬에 대해서라든가, 아르시아와 이야기를 나누지 못한 걸로 머리가 꽉 들어차 있었다.

당시의 기억이 그다지 또렷하지 않은 건 무리가 아니다.

그 이전의 프랑에 대한 기억도 어렴풋한 건 못 본 척하기로 했다.

"그래서, 왜 프랑은 자기를 잊어버린 매정한 녀석을 이번에도 도와주려는 거야?"

"으~음, 어째서일까? 굳이 따지면, 내가 네메의 팬이니까?"

"아무런 노력도 하지 않고, 그런 주제에 운만 좋아서 【성녀 권능】 스킬을 받았는데도 불구하고 자신에게 주어진 역할도 다하지 않고 도망친 인간의 팬?"

아르시아의 신랄한 말은 모두 정곡을 찌르고 있었다.

자신은 성녀님이 될 노력도 의욕도 없었는데, 그저 행운으로 스킬을 입수했을 뿐인 존재.

그런 자신에게 이끌리는 요소가 없다는 건 네메도 잘 알고 있었다.

"역시 아르는 네메가 【성녀 권능】 스킬에 어울리지 않다고 생각하고 있었구나."

"그야, 그렇잖아? 이런 자기 욕구만으로 살아가고, 나태하고, 자애로 가득한 성녀님과는 동떨어진—."

"나는 그렇게 생각하지 않아. 네메야말로 그 교회에서 성녀님에 가장 잘 어울린다고 생각했으니까."

"……으응?"

그녀의 발언은 네메에게는 의미 불명 중의 의미 불명. 의외 말이었다.

프랑은 얼굴에 미소를 지으면서 네메에게 말했다.

"교회 사람들도 아르도 보는 눈이 없다니까. 네메가 성녀에 가장 잘 어울리는데. 그와 비교하면, 역시 신께서는 보는 눈이 있으신 거야."

"네메가 성녀에 어울린다고……?"

아르시아는 믿을 수 없다는 표정으로 프랑에게 물었다.

"맞아."

"무슨 면에서?"

"실은 나, 봤거든. 증여 의식 전달 마지막 기도를 드리던 때, 우연히 두고 온 물건이 있어서 기도실로 돌아갔더니 네메가 기도하고 있는 모습을."

"그게 어쨌다는 거야."

"그때, 네메가 뭐라고 기도했다고 생각해?"

프랑이 묻자, 아르시아는 조금 시간을 두고 입을 열었다.

"여느 때처럼 과자를 먹고 싶다거나 그런 거 아냐?"

"아니야. 『아르가 성녀님의 스킬을 받을 수 있기를』이었어."

"……어?"

아르시아가 경악으로 가득한 표정을 지었다.

프랑은 그런 아르시아의 모습은 아랑곳하지 않고 물었다.

"그 시점에서 우리는 뭐라고 기도했어? 어차피 『내일, 성녀님의 스킬을 받을 수 있기를』 같은 거였지?"

"그건―."

"그걸 듣고 알게 됐어. 나는 성녀가 될 수 없겠다고. 성녀님의 스킬을 받는다면 분명 네메일 거라고. 그야 그렇잖아? 우리는 성녀가 되고 싶다는 자신의 욕망을 이루기 위해 기도한 거니까. 그런 가운데 네메만이 타인을 위해 진심으로 기도를 바치고 있었어."

"그래도, 평소에는 과자를 잔뜩 먹고 싶다고 기도했었잖아! 그건 자신의 욕망 아니야?!"

"그럴지도. 하지만, 배부르게 먹고 싶다는 소원이 그렇게 나쁜 걸까?"

프랑은 그렇게 말을 이었다.

"우리는 자주 세계의 평화를 기원하지만. 세계의 평화라니 대체 뭘까? 제대로 생각해 본 적 있어? 다툼이 일어나지 않는 세계? 슬픔이 없는 세상? 뭔가 그건 자신과는 머나먼 세계 이야기 아니야? 성녀 후보생의 생활은 다툼도 슬픔도 없었잖아. 우리는 수녀님들의 말만 듣고 뜬구름 잡는 기도만 바치고 있었던 거야."

"그럴지도 모르지만―."

"그런 점에서, 네메의 소원은 심플했어. 그야 그렇잖아? 내일도 배부르게 먹을 수 있는 생활이 이어졌으면 좋겠다.

그건 평화로운 세상이 이어지길 바라는 기도 그 자체잖아? 우리보다 훨씬 실체가 있고, 실감이 담긴 근사한 소원."

프랑은 가슴에 손을 대며 눈을 감고는 말했다.

"분명 처음에 【성녀 권능】을 받은 초대 성녀님도 똑같지 않았을까? 세상의 다툼을 없애고 싶었던 게 아니야. 밥을 배부르게 먹을 수 있는 세계가 되었으면 했던 거지. 그런 사소한 소원을 이루기 위해, 이 나라의 다툼을 없애지 않았을까?"

"네메가 성녀님에게 어울린다니……."

자신이 그런 말을 들을 사람일 줄은 몰랐다.

확실히 자신은 성녀님이 될 생각이 없었다. 그러나 그건 처음부터 자신에게는 어울리지 않는다고 포기했기 때문이다.

수녀들에게 성녀님이 되기에는 어울리지 않는다는 말을 들을 때마다 역시 마음은 상처받았고, 자신의 존재가 부정당한 것 같았다.

그래서 프랑의 말은 지금까지의 싫었던 자신을 모두 긍정해 주는 것 같아서.

어느새 눈시울이 뜨거워졌다.

"그런 말을…… 들을 줄은 몰랐어요……."

"보는 사람은 확실히 보고 있어. 아르는 그렇지 않았던 모양이지만. 나는 알고 있었으니까. 네메는 성녀님이 되는 일에서 도망친 게 아니야. 신을 만나서 아르의 스킬에 대해 항의하려고, 던전에 들어가기로 한 거지? 교회를 나가는 것에 협력해 줄 때 가르쳐 줬잖아?"

"어째서…… 그런 걸……."

아르시아는 믿을 수 없다는 듯 고개를 흔들었다.

"나는 그런 걸 원하지 않았어! 그치만, 네메는 목숨을 거는 모험가 같은 건 되고 싶지 않다고 했잖아!"

"그래도, 네메는 아르시아가 성녀님이 되어야 한다고 생각했어요! 분명 신에게 따지면, 자신의 잘못을 인정하고 네메의 스킬을 아르시아에게 넘겨줄 거예요!"

"바보야……?"

어느새 아르시아도 코맹맹이 소리가 되어 있었다.

그녀의 표정을 확인하지 못하는 건, 자신의 시야가 눈물로 뿌옇게 흐려졌기 때문이다.

"성녀에 어울리지 않는 건 내 쪽이야! 자신이 바라던 스킬을 받은 친구가 부러워서, 추한 짓을 잔뜩 저지른 내 쪽!"

"그렇지 않아요! 아르시아는 언제나 네메에게 다정했던 거예요!"

"그건 옛날이야기야……. 이제 네메가 좋아했던 다정한 시절의 아르시아는 없어……."

그렇게 말한 아르시아는 힘없이 바다에 주저앉았다.

붉은 카펫 위에 물방울이 점점이 떨어졌다.

"나는 네메에게 다정한 말을 들을 자격도 없어!"

"그렇지 않아요! 네메는 지금도 아르시아를 좋아해요!"

"그만해! 이 이상, 나를 비참하게 만들지 말아줘……."

아르시아가 흐느꼈다.

10년 가까이 함께 보냈지만, 처음으로 감정을 폭발시킨 친구의 모습을 본 네메는 다가가야 하는지, 이대로 거리를 둬야 하는지 알 수 없었다.

그걸 바라보던 프랑이 입을 열었다.

"역시 네메는 변하지 않았구나. 그에 비하면 아르시아나 나는 변했어. 성녀 후보생 시절에서는 상상도 못할 만큼 더러운 어른이 되어버렸거든."

"그렇지는……."

"그렇게 됐어. 인간, 어른이 되면 될수록 자신의 잘못을 인정하기 어려워지거든. 오래 살면 살수록 말이지. 아르도 그래."

네메는 고개를 수그린 채 주저앉은 친구를 바라봤다.

아르시아의 시선은 자신의 무릎을 보고 있어서 그녀와 눈을 마주치려 하지 않았다.

"그래도, 앞으로 좀 더 긴 시간을 보내다 보면, 분명 자신의 잘못도 인정할 수 있게 될 테니까. 그러면 다시 셋이서 만나자. 동창회라도 여는 거야. 젊은 시절의 자신은 바보였다면서. 그렇게 웃는 거지. 어때? 재미있을 것 같지 않아?"

"프랑……."

어째서 자신은 이런 다정한 친구의 존재를 알아채지 못했던 걸까.

이것도 그녀의 말대로, 젊은 시절의 잘못으로 셋이서 함께 웃을 수 있는 날이 올까?

그런 미래가 이루어진다면, 네메도 환영할 수밖에 없다.

"지금의 네메에게는, 네메를 제대로 지켜봐 주는 사람이 나 말고도 있잖아? 위험을 각오하고 네메를 되찾으러 와준 동료가."

네메는 고개를 끄덕였고, 프랑은 웃으면서 말했다.

"그렇다면 이런 곳에서 노닥거릴 때가 아니네. 네메도 던전 탐색을 그만둘 생각은 없지?"

"그럼요!"

이 질문에는 망설일 여지도 없었다.

확실히 처음에는 아르시아의 스킬에 관해 신에게 항의하기 위해서였을지도 모른다.

그래도, 지금의 네메는 던전 제패를 해야만 하는 이유가 잔뜩 생겼다.

『어라이버즈』 멤버의 존재도 그렇다. 꿈을 이루지 못하고 죽은 진의 존재도 그렇다. 반드시 던전을 제패하겠다고 약속한 『최강무적 파티즈』의 존재도 있다.

성녀 후보생이던 시절이 네메의 모든 것은 아니다.

지금의 자신에게는 모험가 네메 퍼진으로 걸어온, 결코 짧지 않은 인생이 있으니까.

"그래도, 제가 나가는 걸 넘어가 주는 건가요"

네메는 조심조심 아르시아를 바라봤다.

그녀는 힘없이 고개를 흔들었다.

"이제…… 마음대로 해……. 지금의 나는 아무것도 안 보이니까……."

"아르시아……."

지금의 네메는 작게 웅크린 친구의 모습을 그저 지켜볼 수밖에 없었다.

후일담

구름 한 점 없는 푸른 하늘 아래, 『어라이버즈』의 멤버들은 퓰리프 마을로 돌아왔다.

그 안에는 물론 앳된 외모를 한 신관의 모습도 있다. 우리는 무사히 네메를 되찾을 수 있었다.

나는 스이즈와의 전투를 끝낸 뒤, 나 혼자서는 경비의 눈을 뚫고 나갈 수 없을 것 같아서 인적이 없는 빈방에 들어가 끙끙거리고 있었다.

그런데 갑자기 지진이 일어나서 교회 내부가 소란스러워졌다.

치밀하게 배치한 경비에도 구멍이 뚫렸고, 그 타이밍에 방을 나와 네메와 합류할 수 있었다.

로즈리아와 소피와도 합류하는 것도 그리 어렵지는 않았다.

아무래도 그 지진은 로즈리아가 잠들어 있던 요새 도시의 코어를 기동해서 일어난 모양이었다.

확실히 교란 담당을 명한 건 나지만, 설마 이렇게나 교회 내부를 어지럽힐 줄은 몰랐다.

그러나 그 덕분에 경비의 시선을 돌릴 수 있었던 것도 사실이고, 요새가 기동하여 생긴 비밀 통로를 통해 로즈리아와 소피를 데리고 무사히 도망칠 수 있었던 것도 사실이다.

네 명이 합류한 뒤에는 《전이문》을 발동. 다른 한쪽 문을 열고 있던 에린에게 날아가서 그대로 도시 밖으로 도망쳤다.

퓰리프 마을에 올 때까지 우리를 쫓는 추격자의 존재는 확인되지 않았다.

도중에 정보 수집을 해보니, 아무래도 비스릴에서 요새 도시 기능이 부활해서 그럴 경황이 없었다고 한다.

비스릴의 요새는 국가의 상징인 영웅이 만든 것이다.

그게 수백 년 만에 돌아왔으니, 온 나라가 축제 분위기가 되는 것도 무리는 아니다.

길을 가면서 현지인이 활기차게 말을 걸어왔고, 노점이나 술집도 대대적으로 끓어오르고 있었다.

국가 전체가 밝은 무드 일색으로 물들어서, 이거라면 성녀가 없더라도 당분간은 평화로운 세상이 될지도 모른다.

"그나저나 어째서 제가 수배자가 되어야 하는 건가요……?"

거실 소파에 앉은 로즈리아가 도중에 산 신문을 바라보며 중얼거렸다.

옆에서 들여다보자, 신문 구석에 로즈리아의 이름이 작게 적혀있었다.

"로즈리아가 멋대로 그런 짓을 저질렀으니까……."

소피가 로즈리아에게 원망스러운 시선을 보냈다.

"요새 도시에 마력을 주입한 것 말인가요? 하지만 그 덕분에 비스릴은 축제 분위기잖아요? 그럼 수배자로 만드는 게 아니라 오히려 칭송해야 하지 않을까요?"

"그런 건 몰라. 로즈리아 때문에 나까지 지명 수배 당했어. 레이파 전하께 뭐라고 변명해야……."

"너무 침울해하지 마세요. 그 왕녀님이라면 어떻게든 해줄 거예요."

"어째서 레이파 전하가 교섭해서 우리의 지명 수배를 어떻게 해준다는 전제로 이야기하는 거야? 절대 로즈리아의 지명 수배를 철회하지 말아 달라고 부탁할 거니까."

"너무 매정하지 않나요?!"

"아하하……."

두 사람의 대화를 들으며 웃고 있는데, 소피의 험악한 눈초리가 이쪽에도 꽂혔다.

"노트는 왜 웃고 있어? 그보다, 교회에 침입한 건 노트도 마찬가지. 어째서 수배자가 되지 않았어?"

"그건 로즈리아에게 말려들었느냐 아니냐의 차이가 아닐까……?"

"불합리해. 레이파 전하께 말해서 노트도 수배자로 해달라고 교섭해 볼까."

"이봐, 동료를 팔려고 하지 마."

아무래도 소피는 로즈리아에게 말려든 것에 많은 불만이 쌓인 것 같았다.

성실한 소피라면 로즈리아의 고삐를 움켜쥘 수 있을 줄 알았는데, 이번에는 로즈리아의 폭주력이 더 웃돌았던 것 같다.

상당한 피곤함이 배어 나오는 그녀를 바라보고 있는데, 포스가 입을 열었다.

"역시 에린을 따라가는 게 정답이었나……."

"후게 추기경에게도 복수전을 이뤄냈다고 했던가요?"

"그래. 이번에는 그 녀석을 두들겨 패줬다고."

아무래도 포스는 파티 하우스에서 있었던 일을 설욕할 수 있었던 것 같다.

작전의 근간인 에린에게 향한다는 판단은 정확했지만, 마지막의 마지막에 포스의 역량을 오인해 버려서 우리를 붙잡을 수 없었다.

"이걸로 겨우 던전 공략에 복귀할 수 있겠어."

포스가 밝은 목소리로 손뼉을 치자, 에린이 말했다.

"아니, 아직이잖아. 당신의 부러진 도를 찾아야 하는데."

"그러고 보니 그랬지……. 네메 일 때문에 머리에서 빠져나가 버렸어……."

"자기 일인데 잊어버리지 말라고."

"뭐, 그건 던전 탐색 중에 찾기로 할까."

던전 안에는 아직 수많은 마도구가 잠들어 있다.

포스에게 어울리는 도 정도는 시간을 들이면 분명 찾을 수 있을 거다.

아직 해야만 하는 일이 잔뜩 쌓여있기는 하지만, 일단 문제는 해결되었다.

한 달 넘게 비워두었던 파티 하우스로 돌아온 네메가 꾸벅 인사했다.

"다들, 네메를 구해주러 와서 고마운 거예요. 덕분에 던전 공략으로 복귀할 수 있게 됐어요."

"당연하잖아? 동료가 곤란하면 도와줘야지."

먼저 대답한 건 포스였다. 이어서 에린도 입을 열었다.

"네메가 없으면 던전 공략도 할 수 없으니까."

"네메 누나가 던전 공략에 가장 열의를 보이는 건 알고 있었으니까요."

내 다음으로 발언한 건 로즈리아다. 가슴을 펴며 말했다.

"아니, 좀 더 제게 감사해도 된다고요? 답례는 얼마든지 받으니까요."

"분위기 좀 읽어. 로즈리아는 조금 더 겸허함을 익히는 게 좋아."

네메를 놀리려는 로즈리아에게 소피가 태클을 걸었다.

이렇게 축축한 분위기를 밝게 풀어주는 건 로즈리아의 좋은 점이고, 로즈리아의 고삐를 잡아주는 소피의 존재도 고마웠다.

"나도 네메가 돌아와 줘서 기뻐."

"소피도 고마운 거예요."

네메는 다시 인사하고는 모두의 얼굴을 보며 말했다.

"옛날에 네메는 신을 만나기 위해 던전 제패를 하고 싶다고 말했어요."

"그런 소리를 했었네."

"그래도, 지금의 네메는 신을 만나지 않아도 된다고 생각하고 있어요."

"어? 그건 던전 공략을 그만둔다는 거야?!"

큰소리로 반응한 건 에린이었다.

그녀가 너무나도 솔직한 리액션을 보이자, 네메는 쓴웃음을 지으며 대답했다.

"너무 지레짐작이에요. 마지막까지 듣는 거예요."

"그치만, 지금 그런 흐름 아니었어?"

"네메 씨의 표정은 아무리 봐도 그런 말을 꺼낼 분위기가 아니잖아요. 조금 더 통찰력을 기르는 게 좋다고요?"

"이거, 내가 둔감할 뿐이야?"

로즈리아의 발언을 들은 에린은 모두의 표정을 봤지만, 대부분의 사람이 고개를 끄덕였다.

고개를 갸웃하는 메이드 차림의 기사가 약 한 명 있었지만, 그건 못 본 척하기로 했다.

"그래서, 네메는 뭘 말하려는 건데?"

에린이 겸연쩍은 듯 헛기침했다.

네메는 주먹을 살짝 움켜쥐며 말했다.

"던전 공략은 계속하고 싶다는 거예요! 모두와 함께 꿈을 이루고 싶고, 던전 가장 안쪽에 무엇이 기다리는지도 신경 쓰여요!"

"그건 나도 마찬가지야."

네메의 발언을 이어받은 건 포스였다.

"처음에 던전 공략을 하려는 건 인기를 끌고 싶어서라고 말했지만, 솔직히 지금은 아무래도 좋아. 나는 그저 너희와 모험을 하고 싶고, 진과의 꿈을 이루고 싶을 뿐이야."

"인기를 끌지 않아도 된다니, 그 포스의 발언이라고는 생각할 수가 없네……."

"아니, 최근 길 가는 여자아이들이 말을 걸어오는 일이 많더라고. 혹시 나는 입 다물고 있는 편이 인기 있는 건가?"

"지금의 한마디가 전부 엉망으로 만들어버렸어……."

이런 부분은 옛날과 그리 다르지 않을지도 모른다.

사람은 변한 것처럼 보여도, 근본적인 부분은 그다지 변하지 않는 거겠지.

"나도 이제 마도사의 정점 같은 건 아무래도 좋으니까. 네메의 마음은 이해해."

이번에는 에린이 벽에 기대면서 입을 열었다.

로즈리아는 입가에 손가락을 대며 물었다.

"그럼, 지금은 왜 던전 공략을 하는 건가요?"

"어째서냐니…… 어째서일까……?"

"어째서 의문형인가요?"

로즈리아는 오히려 되묻는 에린을 가리키면서 내 소매를 잡아당겼다.

"보세요, 노트! 던전 공략에 의욕이 없는 사람이 있어요! 이런 사람이 있으면 파티의 결속이 흐트러져요. 지금 당장 탈퇴시키죠!"

"어째서 탈퇴해야 하는 건데! 틈만 나면 사람을 파티에서 쫓아내려는 사람이 더 결속을 흐트러뜨리고 있잖아!"

"지금까지 감사했습니다. 에린 씨를 절대 잊지 않을 테니까요. ……훌쩍."

"허접한 우는 척은 그만둬! 감동적인 분위기를 내더라도 탈퇴는 안 해!"

이러니저러니 해도 이 두 사람은 파티에 처음 들어왔을 때와 그리 변하지 않았네.

사이가 좋은지 나쁜지 모르겠다. 아마 나쁘겠지만, 이 두 사람의 말다툼도 지금은 『어라이버즈』에서 빼놓을 수 없는 요소 같다.

"그러는 당신은 어째서 던전 공략을 계속하는 건데?"

"그야 물론 노트와 함께 있고 싶기 때문이죠."

로즈리아가 그렇게 말하며 옆에서 내게 안겨 왔다.

팔 너머로 부드러운 감촉과 따스한 체온이 전해진다.

"그거 치사하잖아! 나도 그거 말하고 싶었어!"

"안 되거든요. 선착순 한 명이니까요."

"으그극……."

"뭐, 그래도 지금은 그것만이 아니지만요. 여러분과 던전에 들어가는 것도 즐거우니까요."

로즈리아가 그런 말을 할 줄은 몰랐다.

평소 발언은 좀 그렇지만, 로즈리아는 로즈리아대로 『어라이버즈』를 소중히 여기는 모양이다.

"나도 레이파 전하를 위해서 하게 되지는 않게 됐지만, 『어라이버즈』의 모두에게는 은혜가 있고, 이곳의 생활도 이어가고 싶으니까."

"소피 씨는 그렇다네요. 노트는 어떤가요?"

로즈리아가 팔을 안는 힘을 더 늘리면서 물었다.

무엇일까? 내가 던전을 공략하는 이유.

원래는 혐오하던 자신을 바꾸기 위해 『어라이버즈』에 들어와서 던전 제패를 목표로 내걸게 되었다.

그러나 지금의 나는 옛날의 나와는 다르다.

이 변화가 좋은 것인지, 나쁜 것인지는 스스로 판단할 수 없지만, 나는 옛날만큼 자신을 싫어하지 않게 되었다.

그래도 던전 탐색은 계속하고 싶다고 생각하는 건, 분명 내가 던전 공략을 좋아하기 때문이겠지.

무섭고, 괴롭고, 목숨을 건 던전 공략을, 이 동료들과 함께라면 진심으로 즐길 수 있으니까.

"던전 공략을 좋아하기 때문인 게 아닐까?"

"노트라면 그렇게 대답할 것 같았어요."

모두 당초 목적에서는 틀어졌을지도 모르지만, 그래도 『어라이버즈』의 목표는 변하지 않는다.

전인미답의 던전 제패. 그 꿈을 위해 파티 멤버의 발걸음을 맞춘 『어라이버즈』는 최고조라고 할 수 있는 상태다.

다음 계층에는 어떤 경치가 기다리고 있을까? 지금은 그저 기대감에 가슴이 부풀어 오를 뿐이었다.

■작가 후기

여러분, 상당히 오랜만입니다. 카모노 우동입니다.

저번 권에서 9개월 만에 나온 신간이라서, 평소에는 "여러분, 오랜만입니다."라는 인사부터 들어갑니다만 이번에는 반성의 뜻을 담아서 「상당히」라는 수식어를 붙였습니다. 대단히 죄송했습니다.

저번 권에서 공언했던 이 시리즈의 후기 테마대로, 이번에도 라이트노벨의 내부 사정에 관해 이야기를 해보려고 합니다.

라노벨을 출판하면, 증정본이라고 해서 작가에게 실물 책이 들어옵니다.

출판사에 따라서 몇 권을 보내는지는 제각각이지만, 이 오버랩 문고에서는 열 권이죠.

그렇습니다. 열 권이나 보내는 겁니다!

우선 한 권은 제 보관용으로 가지더라도, 나머지 아홉 권. 저는 가족에게 이 작품을 쓰고 있다는 걸 밝히지 않았고, 지인에게조차 라노벨 작가를 한다는 걸 밝히지 않았습니다. 요컨대 아홉 권이나 남는 겁니다.

대체 어떻게 해야 좋을까요? 매번 나올 때마다 아홉 권씩 늘어나는 바람에 현재는 옷장 상부 선반을 점령하기 시작해서 수납공간이 곤란해졌습니다.

여러분도 라노벨 작가가 될 때는 라노벨 작가가 되었다는 걸 밝힐 수 있는 지인을 아홉 명 정도 준비해 두시는 걸 추천합니다.

그리고 감사의 멘트입니다.

일러스트레이터 시즈키 씨, 이번에도 아름답고 멋있는 일러스트를 그려주셔서 감사합니다.

『어라이버즈』 전원이 집합한 표지 그림, 긴박한 전투 장면을 그린 첫 번째 컬러 삽화, 위엄이 느껴지는 기도 장면을 그린 두 번째 컬러 삽화와 열 장의 삽화. 모두 근사했습니다.

담당이신 소야마 씨, 이번에는 마감이 무척 늦어지고 말아서 죄송했습니다. 마감을 지키는 라노벨 작가를 노리고 있었던 만큼, 이번에는 저도 매우 반성하고 있습니다.

마지막으로 독자 여러분. 『꽝 스킬 【지도화(매핑)】를 손에 넣은 소년은 최강 파티와 함께 던전에 도전한다』라는 시리즈는 이번 권에서 일단 종료하게 되었습니다.

8권이라는 긴 시간 동안 이 작품을 따라와 주신 독자 여러분에게는 감사의 마음밖에 없습니다.

이 작품은 저에게는 매우 크나큰 영향을 준 이야기입니다.

데뷔작이기도 하지만, 그것만이 아니라 제가 컨트롤할 수 없는 부분에서 움직이는 등장인물들의 심정이나 언동, 자신의 깊은 곳에서 우러나온 말이나 자신이 썼다고는 생각할 수 없는 구절까지.

다양한 부분에서 용기를 받거나, 때로는 상처받기도 하면서, 처음 쓰기 시작한 뒤부터 4년간이라는 기나긴 시간을 함께 보냈습니다.

제가 여기까지 계속 쓸 수 있었던 것도 독자 여러분 덕분이라고 생각합니다. 정말로 감사합니다.

대부분의 독자 여러분과는 여기서 작별하게 되겠습니다만, 같은 날 같은 오버랩 문고에서 『주인공은 되지 못하는 우리의 타협에서 시작되는 연인 생활』이라는 작품도 발매되므로, 만약 카모노가 쓴 이야기를 좀 더 읽고 싶으신 분은 구입해 주신다면 감사하겠습니다.

장르는 학원 러브 코미디이므로 당연하게도 배틀 장면은 없습니다만, 지도화에서 보여드린 카모노다운 스토리 전개나, 반대로 카모노가 이런 작품도 쓸 수 있었느냐는 놀라운 부분이 가득 담긴 작품이라고 생각합니다.

그런고로, 안녕히 계세요. 언젠가 다시 만나 뵙겠습니다.

카모노 우동

꽝 스킬 [지도화]를 손에 넣은 소년은 최강 파티와 함께 던전에 도전한다 8

초판 1쇄 발행 2025년 10월 10일

지은이_ Udon Kamono
일러스트_ Hitomi Shizuki
옮긴이_ 이경인

발행인_ 최원영
본부장_ 장혜경
편집장_ 김승신
편집진행_ 권세라 · 최혁수 · 김경민 · 최정민
편집디자인_ 양우연
국제업무_ 박진해 · 조은지 · 남궁명일
관리 · 영업_ 김민원 · 조은걸

펴낸곳_ (주)디앤씨미디어
등록_ 2002년 4월 25일 제20-260호
주소_ 서울특별시 구로구 디지털로32길 30 코오롱디지털타워빌란트 1301-1308호
전화_ 02-333-2513(대표)
팩시밀리_ 02-333-2514
이메일_ lnovellove@naver.com
L노벨 공식 카페_ http://cafe.naver.com/lnovel11

ISBN 979-11-278-8435-2 04830
ISBN 979-11-278-5307-5 (세트)

값 8,500원

L NOVEL

일반공격이 전체공격에 2회 공격인 엄마는 좋아하세요? 1~10권

이나카 다치마 지음 | 이이다 포치. 일러스트 | 이승원 옮김

"이제부터 이 엄마와 함께 실컷 모험을 하는 거야.", "맙소사……."
고교생 오오스키 마사토는 그렇게 염원하던 게임세계로 전송되지만,
어찌된 영문인지 그의 어머니이자
아들이라면 껌뻑 죽는 마마코도 따라오는데?!
길드에서는 「아들의 연인이 될지도 모르는 애들이니까」라는 이유로
마사토가 고른 동료들에게 면접을 실시하고,
어두운 동굴에서는 반짝반짝 빛나는데다,
무릎베개로 몬스터를 재우는 걸로 모자라,
전체공격에 2회 공격인 성검으로 무쌍을 찍는 등
아들인 마사토가 질릴 정도로 대활약을 하는데?!
현자인데도 유감스런 미소녀 와이즈,
치유계 여행 상인인 포타를 동료로 맞이한 그들이 구하려는 것은
위기에 처한 세계가 아니라 부모자식간의 정.

제29회 판타지아 대상 〈대상〉 수상작인
신감각 모친 동반 모험 코미디!